쑥스러운
고백

박완서
산문집
1

쑥스러운 고백

문학동네

차례

1부 꼴찌에게 보내는 갈채

꼴찌에게 보내는 갈채 9 | 항아리를 고르던 손 19
노상방뇨와 비로드 치마 28 | 머리털 좀 길어봤자 34
난 단박 잘살 테야 41 | 주말농장 51 | 봄에의 열망 59
오기로 산다 62 | 짧았던 서울의 휴가 72
추한 나이테가 싫다 76 | 어리석음의 미학 80

2부 쑥스러운 고백

잘했다 참 잘했다 89 | 보통으로 살자 103
그까짓 거 내버려두자 112 | 답답하다는 아이들 122
비정非情 136 | 겨울 이야기 142 | 참 비싼 레테르도 다 있다 148
여성의 손이여 바빠져라 163 | 지붕 밑의 남녀평등 167
여성의 인간화 170 | 쑥스러운 고백 174 | 여권운동의 허상 180

3부 코 고는 소리를 들으며

겨울 산책 193 | 고추와 만추국晩秋菊 203 | 우리 동네 210

도시 아이들 213 | 내 어린 날의 설날, 그 훈훈한 삶 223

시골뜨기 서울뜨기 229 | 내가 싫어하는 여자 240

여자와 맥주 245 | 여자와 남자 248 | 여자와 춤 251 | 틈 254

어떤 탈출 259 | 노인 264 | 그때가 가을이었으면 269

사랑을 무게로 안 느끼게 273 | 코 고는 소리를 들으며 277

작가 연보 281

일러두기

* 이 책은 1977년 출간된 『꼴찌에게 보내는 갈채』(평민사)를 재편집했습니다.

* 『표준국어대사전』 및 『고려대한국어대사전』을 기준으로 한글 맞춤법을 통일했으나, 많은 부분에서 저자의 표현을 최대한 살렸습니다.

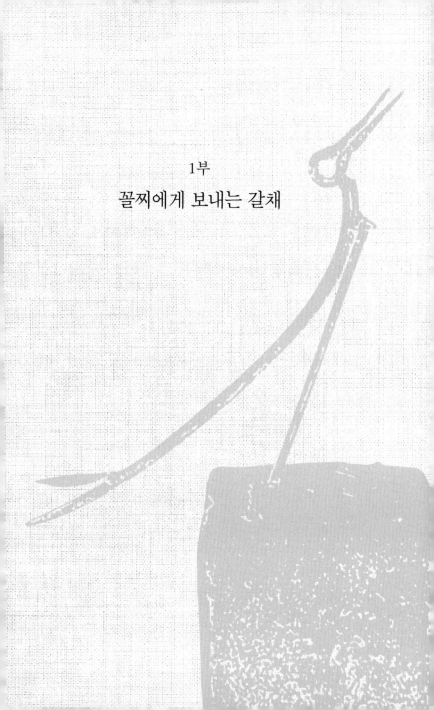

1부
꼴찌에게 보내는 갈채

꼴찌에게 보내는 갈채

신나는 일 좀 있었으면

가끔 별난 충동을 느낄 때가 있다. 목청껏 소리를 지르고 손뼉을 치고 싶은 충동 같은 것 말이다. 마음속 깊숙이 잠재한 환호에의 갈망 같은 게 이런 충동을 느끼게 하는지도 모르겠다.

그러나 요샌 좀처럼 이런 갈망을 풀 기회가 없다. 환호가 아니라도 좋으니 속이 후련하게 박장대소라도 할 기회나마 거의 없다.

의례적인 미소 아니면 조소, 냉소, 고소가 고작이다. 이러다가 얼굴 모양까지 얄궂게 일그러질 것 같아 겁이 난다.

환호하고픈 갈망을 가장 속 시원히 풀 수 있는 기회는 뭐니 뭐니 해도 잘 싸우는 운동경기를 볼 때가 아닌가 싶다. 특히 국제경기에서 우리 편이 이기는 걸 TV를 통해서나마 볼 때면 그렇게 신이 날 수가 없다.

그러나 곰곰이 생각해보니 그런 일로 신이 나서 마음껏 환성을 지를 수 있었던 기억도 아득하다. 아마 박신자 선수가 한창 스타 플레이어였을 적, 여자 농구를 볼 때면 그렇게 신이 났고, 그렇게 즐거웠고, 다 보고 나선 그렇게 속이 후련했던 것 같다.

요즈음은 내가 그 방면에 무관심해져서 모르고 있는지는 모르지만 그때처럼 우리를 흥분시키고 자랑스럽게 해주는 국제경기도 없는 것 같다.

지는 것까지는 또 좋은데 지고 나서 구정물 같은 후문에 귀를 적셔야 하는 고역까지 겪다보면 운동경기에 대한 순수한 애정마저 식게 된다.

이렇게 점점 파인 플레이가 귀해지는 건 비단 운동경기 분야뿐일까. 사람이 살면서 부딪치는 타인과의 각종 경쟁, 심지어는 의견의 차이에서 오는 사소한 언쟁에서까지 그 다툼의 당당함, 깨끗함, 아름다움이 점점 사라져가는 느낌이다.

그래서 아무리 눈에 불을 밝히고 찾아도 내부에 가둔 환호와 갈채에의 충동을 발산할 고장을 못 찾는지도 모르겠다.

뭐 마라톤?

요전에 시내에 나갔다가 집으로 돌아올 때의 일이다. 집을 다 와서 버스가 정류장 못 미쳐 서서 도무지 움직이지를 않았다. 고장인가 했더니 그게 아닌 모양이었다. 앞에도 여러 대의 버스가 밀려 있었고 버스뿐 아니라 모든 차량이 땅에 붙어버린 듯이 꼼짝 못하고 있었다.

나는 그날 아침부터 괜히 걷잡을 수 없이 우울해 있었다. 그래서 버스가 정거장도 아닌데 서 있다는 사실을 참을 수가 없었다.

"언제까지 이러고 있을 거요?"

나는 부끄럽게도 안내양에게 짜증을 부렸다. 마치 이 보잘것없는 소녀의 심술에 의해서 이 거리의 온갖 차량이 땅에 붙어버리기라도 했다는 듯이. 그러나 안내양은 탓하지 않고 시들하게 말했다.

"아마 마라톤이 끝날 때까진 못 갈려나봐요."

"뭐 마라톤?"

그러니까 저 앞 고대에서 신설동으로 나오는 삼거리쯤에서 교통이 차단된 모양이고 그 삼거리를 마라톤의 선두주자가 달려오리라. 마라톤의 선두주자! 생각만 해도 우울하게 죽어 있던 내 온몸의 세포가 진저리를 치면서 생생하게 살아나는 것 같았다. 나는 그 선두주자를 꼭 보고 싶었다. 아니 꼭 봐야만 했다.

나는 차비를 내고 나서 내려달라고 했다. 안내양이 정류장이 아니기 때문에 안 된다고 했다. 나는 마음이 급한 김에 어느 틈에 안내양에게 시비를 걸고 있었다.

"정류장이 아니기 때문에 못 내려주겠다고? 그럼 정류장도 아닌데 왜 섰니? 응 왜 섰어?"

"이 아주머니가, 정말—"

안내양은 나를 험상궂게 째려보더니 휙 돌아서서 바깥을 내다보며 상대도 안 했다.

그래도 나는 선두로 달려오는 마라토너를 보고 싶다는 갈망을 단념할 수가 없었다. 나는 짐짓 발을 동동 구르며 다시 안내양의 어깨를 쳤다.

"아가씨, 내가 화장실이 급해서 그러니 잠깐만 문을 열어

줘요, 응?"

"아주머니도 진작 그러시지, 신경질 먼저 부리면 어떡해요."

안내양은 마음씨 좋은 여자였다. 문을 빠끔히 열고 먼저 자기 고개를 내밀어 이쪽저쪽을 휘휘 살피더니 재빨리 내 등을 길바닥으로 떠다밀어주었다.

1등 주자를 기다리는 마음

나는 치마를 펄럭이며 삼거리 쪽으로 달렸다. 삼거리엔 인파가 겹겹이 진을 치고 있으리라. 그 인파는 저만치서 그 모습을 드러낸 선두주자를 향해 폭죽 같은 환호를 터뜨리리라.

아아, 신나라. 오늘 나는 얼마나 재수가 좋은가. 오랫동안 가두었던 환호를 터뜨릴 수 있으니. 군중의 환호, 자기 개인적인 이해관계와 전혀 상관없는 환호, 그 자체의 파열인 군중의 환호에 귀청을 떨 수 있으니.

잘하면 나는 겹겹의 군중을 뚫고 그 맨 앞으로 나설 수도 있으리라. 그러면 제일 큰 환성을 지르고 제일 큰 박수를 쳐야지, 나는 삼거리 쪽으로 달음질치며 나의 내부에서 거대한 환호가 삼거리까지 갈 동안을 미처 못 참고 웅성웅성 아우성을 치고 있는 것처럼 느꼈다.

그러나 숨을 헐떡이며 당도한 삼거리에 군중은 없었다.

할 일이 없어 여기 이렇게 빈둥거리고 있을 뿐이라는 듯 곧 하품이라도 할 것 같은 남자가 여남은 명 그리고 장난꾸러기 아녀석들이 대여섯 명 몰려 있을 뿐이었고 아무데서고 마라토너가 나타나기 직전의 흥분은 엿뵈지 않았다.

그러나 여전히 호루라기를 입에 문 순경은 차량의 통행을 금하고 있었다. 세 갈래 길에서 밀리고 밀린 채 기다리다 지친 차량들이 짜증스러운 듯이 부릉부릉 이상한 소리를 내며 바퀴를 조금씩 들먹이는 게 곧 삼거리의 중심을 향해 맹렬히 돌진할 것처럼 보이고 그럴 때마다 순경은 날카롭게 호루라기를 불어댔다. 그때 나는 내가 전혀 예기치 않던 방향에서 쏟아지는 환호 소리를 들었다. 그것은 내 뒤쪽 조그만 라디오방 스피커에서 나는 환호 소리였다.

선두주자가 드디어 결승점 전방 10미터, 5미터, 4미터, 3미터, 골인! 하는 아나운서의 숨막히는 소리가 들리고 군중의 우레와 같은 환호성이 들렸다.

비로소 1등을 한 마라토너는 이미 이 삼거리를 지난 지가 오래라는 걸 알 수 있었다. 이 삼거리에서 골인 지점까지는 몇 킬로나 되는지 자세히는 몰라도 상당한 거리다. 그런데도 아직까지 통행이 금지된 걸 보면 후속 주자들이 남은 모양이다. 꼴찌에 가까운 주자들이.

그러자 나는 고만 맥이 빠졌다. 나는 영광의 승리자의 얼굴을 보고 싶었던 것이지 비참한 꼴찌의 얼굴을 보고 싶었던 건 아니었다.

또 차들이 부르릉대며 들먹이기 시작했다. 차들도 기다리기가 지루해서 짜증을 내고 있었다. 다시 날카로운 호루라기 소리가 들리고 저만치서 푸른 유니폼을 입은 마라토너가 나타났다.

삼거리를 지켜보고 있던 여남은 명의 구경꾼조차 라디오방으로 몰려 우승자의 골인 광경, 세운 기록 등에 귀를 기울이느라 아무도 그에게 관심을 갖지 않았다. 나도 무감동하게 푸른 유니폼이 가까이 오는 것을 바라보면서 저 사람은 몇 등쯤일까, 20등? 30등? 저 사람이 세운 기록도 누가 자세히 기록이나 해줄까? 대강 이런 생각을 했다. 그리고 그 20등, 아니면 30등의 선수가 조금쯤 우습고, 조금쯤 불쌍하다고 생각했다.

푸른 마라토너는 점점 더 나와 가까워졌다. 드디어 나는 그의 표정을 볼 수 있었다.

꼴찌 주자의 위대성

나는 그런 표정을 생전 처음 보는 것처럼 느꼈다. 여지껏 그렇게 정직하게 고통스러운 얼굴을, 그렇게 정직하게 고독한 얼굴을 본 적이 없다. 가슴이 뭉클하더니 심하게 두근거렸다. 그는 20등, 30등을 초월해서 위대해 보였다. 지금 모든 환호와 영광은 우승자에게 있고 그는 환호 없이 달릴 수 있기에 위대해 보였다.

나는 그를 위해 뭔가 하지 않으면 안 된다고 생각했다. 왜냐하면 내가 좀 전에 그의 20등, 30등을 우습고 불쌍하다고 생각했던 것처럼 그도 자기의 20등, 30등을 우습고 불쌍하다고 생각하면서 옜다 모르겠다 하고 그 자리에 주저앉아버리면 어쩌나 그래서 내가 그걸 보게 되면 어쩌나 싶어서였다.

어떡하든 그가 그의 20등, 30등을 우습고 불쌍하다고 느끼지 말아야지 느끼기만 하면 그는 당장 주저앉게 돼 있었다. 그는 지금 그가 괴롭고 고독하지만 위대하다는 걸 알아야 했다.

나는 용감하게 인도에서 차도로 뛰어내리며 그를 향해 열렬한 박수를 보내며 환성을 질렀다.

나는 그가 주저앉는 걸 보면 안 되었다. 나는 그가 주저앉는 걸 봄으로써 내가 주저앉고 말 듯한 어떤 미신적인 연대감마저 느끼며 실로 열렬하고도 우렁찬 환영을 했다.

내 고독한 환호에 딴 사람들도 합세를 해주었다. 푸른 마라토너 뒤에도 또 그뒤에도 주자는 잇달았다. 꼴찌 주자까지를 그렇게 열렬하게 성원하고 나니 손바닥이 붉게 부풀어올라 있었다.

그러나 뜻밖의 장소에서 환호하고픈 오랜 갈망을 마음껏 풀 수 있었던 내 몸은 날듯이 가벼웠다.

그전까지만 해도 나는 마라톤이란 매력 없는 우직한 스포츠라고밖에 생각 안 했었다. 그러나 앞으론 그것을 좀더 좋아하게 될 것 같다. 그것이 조금도 속임수가 용납 안 되는 정직한 운동이기 때문에.

또 끝까지 달려서 골인한 꼴찌 주자도 좋아하게 될 것 같다. 그 무서운 고통과 고독을 이긴 의지력 때문에.

나는 아직 그 무서운 고통과 고독의 참뜻을 알고 있지 못하다.

왜 그들이 그들의 체력으로 할 수 있는 하고많은 일들 중에서 그 일을 택했을까 의아스럽기까지 하다.

그러나 그날 내가 20등, 30등에서 꼴찌 주자에게까지 보낸 열심스러운 박수갈채는 몇 년 전 박신자 선수한테 보낸 환호

만큼이나 신나는 것이었고, 더 깊이 감동스러운 것이었고, 더 육친애적인 것이었고, 전혀 새로운 희열을 동반한 것이었다.

항아리를 고르던 손

아름다운 여자의 손

부엌에서 맛있는 걸 만들고 있는 여자는 아름다워 보인다. 그런데 찌개 냄비를 열고 찌개 맛도 냠냠 보고, 콩나물도 조물락조물락 무쳐야 할 손에 커다랗고 시뻘건 고무장갑이 끼워져 있으면 그 아름다움이 아깝게도 반감되고 만다.

여자의 몸 중에서 손처럼 섬세하고 날렵한 부분은 없다. 이 손이 그 섬세와 날렵의 극치를 보여줄 때가 바로 음식을 만들 때다.

그런데 자기 손 부피의 서너 배도 넘는 징그러운 고무장갑이 그 아름다운 움직임을 보호한답시고 가리고 있으면 왠지 정나미가 떨어진다. 정나미뿐 아니라 입맛까지 떨어지면서 그 음식이 맛없을 것 같은 선입관이 들고 만다.

더군다나 나는 음식 맛은 재료와 간과 양념의 알맞은 배합, 조화에서 난다는 과학보다는 여자의 손끝에는 맛을 분비하는 선腺이 있어 거기서 맛이 날지도 모른다는 미신을 더 믿는 편이니 말이다.

그래서 요즈음 집집마다 음식 맛까지 획일화된 게 그 고무장갑 때문인 것 같아 더욱 고무장갑 끼고 음식 만드는 요즘 새댁이 덜 예뻐 보이고 맨손으로 음식 만드는 새댁을 혹시 보면 그렇게 반갑고 예뻐 보일 수가 없다.

아무튼 여자는 손으로 뭘 하고 있을 때가 가장 아름다워 보인다. 저녁을 마친 후 텔레비전을 틀어놓고 뜨개질을 하고 있는 여자도 아름답다. 두 손끝 맺고 텔레비전만 일사불란 골몰하고 있는 것보다 일과 구경을 같이 하면서도 어느 한쪽에도 깊이 골몰하지 않는 반휴식의 여유 있는 상태의 여자의 모습은 가족이 한자리에 모인 따뜻한 안방에 잘 어울리는 아름다움이 있다.

얼굴에 정겨운 웃음을 띠고 손으로 남편이나 자식들의 옷매무새를 괜히 고쳐주는 여자도 아름답다.

남편 출근시키고 아이들 학교 보내고 집안 청소하고 빨래

하고 쓰레기차가 와서 쓰레기까지 치고 나서 문득 거울을 보니 봉두난발, 꼴이 하도 한심해 오랜만에 정성 들여 화장하고 나니 아침나절의 피곤이 한꺼번에 밀어닥쳐 낮잠을 늘어지게 자고 난 여자도 아름답다. 옷매무새와 머리카락은 얌전치 못하게 헝클어졌어도 피로 회복으로 살갗에 윤이 나면서 나른한 퇴폐미 같은 게 풍기는 순간이다.

우리집은 지대가 약간 높아 비탈길을 올라와야 된다. 언젠가 주민등록증을 갱신하러 동회에 가느라고 비탈길을 내려가는데 저만치서 이웃의 부인이 시어머니를 모시고 올라오고 있었다. A부인의 시어머님은 팔순이 넘으신데다 병약하셔서 좀처럼 이웃 출입도 안 하시는 분이라 비탈길을 올라오시는 게 매우 숨이 차 보였고 위태로워 보였다.

껴안듯이 노인을 부축하고 한 발 한 발 조심스럽게 걷던 A부인이 별안간 무슨 생각에선지 등을 노인에게 들이대더니 노인을 번쩍 업었다. 노인이 "아이고 망칙해라" 하면서 어린 애처럼 발버둥을 쳤다.

"괜찮아요. 제 어깨나 꼭 잡으세요."

A부인이 상냥하게 노인을 달랬다.

그러나 노인은 열 손가락에 지문을 찍고 난 검은 잉크가 그대로 남아 있어 며느리 옷을 버릴세라, 손을 도리어 만세

부르듯이 번쩍 쳐들고 고개만 며느리 등에 순한 아기처럼 파묻었다.

그런 노인을 업은 채 A부인은 비탈길을 잘도 달려 올라왔다. 나는 웃음이 절로 났다. 딴 행인들도 이 고부姑婦를 보고 즐거운 듯이 깔깔댔다. A부인도 콧등에 땀이 송글송글한 채 환히 웃었다. 평소 용모가 소박한 평범한 부인이었는데 그날 그렇게 웃는 모습은 빼어나게 아름다웠다.

요즈음 우리 앞집으로 새로 이사 온 B부인만 해도 살림에 찌든 티가 역력한 중년의 검소한 부인이었는데 어느 날 그녀를 아름답게 느끼고 그러고 나서 그 부인과 친해질 수 있었다.

우리집에서 과히 멀지 않은 곳에 옹기전이 있다. 시장을 가려면 이 옹기전 앞을 지나야 된다. 지날 때마다 도시 한복판에 이런 넓은 공터가 있다는 것이 이상하고 공터에서 할 수 있는 하고많은 장사 중에서 하필 팔리는 것 같지도 않는 옹기전을 하는 게 이상하고, 그러면서 이 옹기전 근처의 풍경이 그냥 좋았다.

반들반들하니 암색으로 잘 구워진 크고 작은 독과 항아리가 첩첩이 쌓인 저쪽에 옹기장수 오두막집이 있고 그 사이와 둘레의 공터엔 봄부터 가을까지 옥수수나 해바라기 같은 것도 자라고 분꽃이나 맨드라미 같은 촌스러운 화초도 자란다.

그래서 이 근처 풍경은 묘하게 촌스러웠다. 옹기장사라는 장사야말로 장사 중에서도 또 얼마나 촌스러운 장산가.

요새 아파트 단지에 가보면 그야말로 생활여건이 완전히 갖추어져 상가와 슈퍼마켓에선 별의별 것을 다 팔고 있지만 아마 옹기전만은 없으리라. 단독주택에서 아파트로 옮겨갈 때 제일 먼저 처분하는 게 장독 세간이니까.

옹기전의 B부인

그런 사양길 장사인 옹기전이지만 김장철에만은 약간은 경기가 있는 것 같다. 지난가을이든가 시장엘 가는데 앞집 부인이 옹기점에서 항아리를 고르다가 나에게 도움을 청해왔다. 어느 것이 잘생겼나 좀 봐달라는 거였다. 이목구비가 달린 것도 아닌, 기껏 배만 불룩하면 고만인 항아리가 잘생겼으면 얼마나 잘생겼고 못생겼으면 얼마나 못생겼겠는가. 나는 별로 달갑잖아 하면서 마지못해 항아리를 몇 개 기웃거려봤다. 그런데 B부인은 그게 아니었다. 심각한 얼굴로 첩첩이 쌓인 독과 항아리 사이를 누비고 다니며 고개를 갸우뚱, 눈을 가느스름히 떴다 크게 떴다, 가까이에서 봤다가 멀리 물러나

항아리를 고르던 손 23

서 봤다가, 손으로 어루만져봤다가 좀처럼 끝날 것 같지가 않았다. 보다못한 주인아저씨가 이래가지고는 못 고른다고, 다 그게 그겁니다 하고 핀잔을 주었다. 그래도 B부인은 독 고르기를 그냥저냥 끝낼 눈치가 아니었다. 나도 진력이 나서 혼자서 슬그머니 시장으로 가면서 속으로 참 별 유난스런 여편네도 다 봤다는 생각을 했다.

장을 봐가지고 오다보니 마침내 독을 하나 골라놓고 흥정을 하고 있었다.

"마음에 드는 것 고르셨어요?"

"그러문요. 이것 보세요. 어때요? 잘생겼죠. 무던하고, 후덕스럽고, 의젓하고, 미끈하고……"

"아, 네, 참 그렇군요."

나는 별로 그런 줄도 모르겠는데 B부인의 수다를 그만 듣기 위해서라도 그렇게 대답할 수밖에 없었다. 내 눈엔 거기 있는 독들에서 크고 작다는 차이밖에는 발견할 수가 없었고, B부인이 약간 비정상적으로 보였을 뿐이었다. 내 이런 마음을 알았던지 부인이 마음에 드는 독을 고른 흥분을 다소 가라앉히고는 변덕 비슷한 소리를 했다.

"겨울 동안엔 김장 담가서 땅에 묻을 거지만요, 내년 봄엔 올궈서 간장 담을 건데, 우리집은 마당이 좁아서 마당은 온통 장독대 차지 아녜요. 화단도 따로 없고, 아침저녁 바로 코앞에 놓고 마주대할 독인데 이왕이면 잘생겨야지 않겠어요?"

그러곤 자기가 고른 독을 만족한 듯이 다시 쓰다듬었다. 나는 부인이 우리 앞집으로 이사 온 게 처음으로 내 집 장만한 이사라는 걸 알고 있었기 때문에 어쩌면 이 독이 내 집 장만하고 처음으로 들여놓는 세간이 아닌가 하는 생각이 들었다.

그런 생각으로 다시 B부인을 보니까 B부인이 새댁처럼 앳돼 보이면서 독을 쓰다듬으며 짓는 미소가 싱그럽고 귀여웠다. 나는 물건을 살 때 너무 오래 만지고 고르는 사람을 덮어놓고 지겨워하는 버릇이 있는데 B부인의 경우에 있어서는 반대로 친밀감이 갔다.

요즘 대가大家의 미전美展에 가보면 미술을 애호하는 귀부인들이 부쩍 많이 눈에 띄고, 또 거액의 그림 값도 조금도 거액답잖게 척척 치르고 그림을 사는 것을 볼 수 있다. 그렇지만 그 귀부인들이 값비싼 그림을 보고 사들일 때 과연 B부인이 옹기전의 독 중에서 가장 아름다운 독을 고르기 위해 치른 것만큼이나마 진지하게 보고 찾는 과정을 거쳤을는지, 또 B부인이 오래 보고 찾은 끝에 드디어 소망하던 아름다운 독과 만났을 때만큼의 순수한 기쁨이나마 맛보았을는지.

B부인처럼 이렇게 값싼 생활용품이나마 애정을 가지고 사귀기 시작해서 아름답게 길을 들이며 사는 여자에겐 약간 따분하지만 특이한, 마치 흘러간 옛 노랫가락 같은 복고적인 아름다움이 있다. 우리의 전래되는 민속공예품이 아름다운 게 본래부터 그렇게 아름답게 만들어진 게 아니라 B부인처럼 마음씨 고운 여인의 알뜰한 손길에 의해 그렇게 아름답게 길들여졌음이 아닐까.

사랑받는 여자는 아름답다

이와는 대조적으로 새로운 것에 대한 호기심이 대단해서 새로운 것을 의욕적으로 추구하는 여자들도 그들 나름으로 아름답다. 새로운 것을 찾는 정도가 자기가 처한 분수에서 크게 동떨어지지만 않으면 말이다.

이런 여자들은 대개 생활을 끊임없이 편리한 생활양식으로 바꾸기를 좋아하고 새로운 생활용품에 대한 관심과 소유욕이 대단해서 묵은 생활용품을 버리는 데 조금도 망설임 없고 유행을 추종하는 데 정열적이고 생활의 과학화를 적극적으로 지지하며 자기 의견을 말하는 데 대담하다.

이런 여자들은 거의 핵가족의 젊은 주부들로 아이도 아들 딸 가리지 않고 둘만 낳고, 남편을 자유롭게 조종할 줄 알며, 생활을 능동적으로 즐길 줄도 알고, 성격이 명랑 솔직하여 몸은 건강하게 균형 잡혀 있고, 웃음소리는 거리낌 없이 드높다.

신흥 주택가나 아파트 단지의 잘 포장된 도로에서 얼마든지 마주칠 수 있는 이런 여자들을 보면 나는 마치 목욕탕에서 갓 나온 여자를 보는 것처럼 느낀다. 묵은 때, 낡은 관습을 훨훨 떨어버리고 날아갈 듯이 가볍고 자유로워 뵈는 점에서, 온몸의 혈액순환이 활발한 것 같은 건강한 인상에서, 그 싱그럽고 밝은 표정에서 이런 여자들은 갓 목욕하고 난 여자와 아주 닮아 있다. 이런 여자가 어찌 아름답지 않으랴. 어떤 의미로든 여자가 아름답다는 건 좋은 일이다. 주위를 밝히는 빛이요, 축복이다. 다행히, 참으로 다행히, 여자는 누구나 한두 군데는 아름답다. 만일 어디 한 군데도 아름답지 않은 여자가 있다면 그건 사랑받지 못하고 있는 여자인 것이다.

아내의 아름다움은 남편에 의해, 엄마의 아름다움은 자식들에 의해, 할머니의 아름다움은 손자들에 의해 발전되고, 사랑받음에 의해 더욱 빛날 것이다.

노상방뇨와 비로드 치마

오늘 한낮의 일이다. 을지로입구에서 미도파 조금 못 미쳐 어떤 은행 앞이었던가. 토요일 한낮의 번화가는 시끌시끌하기도 하고 즐거움 같은 게 부글부글 거품을 내고 있는 것 같기도 했다. 날씨는 전형적인 초봄의 날씨, 볕은 따스해 찬바람은 속살로만 기어들어 오히려 겨울보다 더 추운데도 얇고 화사한 옷이 좋아 보이고 겨울옷은 공연히 궁상스러워 보이는 그런 날이었다.

내 앞을 허름한 스웨터에 사시사철 입을 수 있을 것 같은 구럭 같은 국방색 몸뻬를 입은 여자가 함석 양동이를 이고 걸어가고 있었다. 은행 앞에서 별안간 그 여자는 함석 양동이를 길바닥에 내던지듯이 내려놓더니 부랴부랴 몸뻬를 내리고 엉덩이를 까더니 오줌을 누는 게 아닌가.

사십은 훨씬 넘었을 듯한 그 여자는 얼굴을 번듯이 쳐들고 시선을 건너편 빌딩 꼭대기쯤에 고정시키고 시원스레 용무를 치르는데 그 표정이 그렇게 당당할 수가 없었다. 하긴 노상에서 방뇨를 하는 사람의 표정이 어떤 것인지를 나는 아직 본 적이 없다. 간혹 뒷골목 같은 데서 남자들이 방뇨를 하는 것을 못 본 것은 아니지만, 모두 뒷모양뿐이지 설마 앞으로 서서 방뇨를 하는 남자는 없었으니까.

그렇지만 여자가 벽 쪽으로 돌아앉아 궁둥이를 행인에게 돌리고 방뇨를 했더라면 그 모습은 또 얼마나 가관이었을까. 결국 여자가 노상에서 방뇨를 하려면 그 여자처럼 그렇게 번듯이 앉아 그렇게 고개를 쳐들 수밖에 없었던 것이다.

바로 코앞에 미도파가 있고, 시대 백화점, KAL 빌딩 등 깨끗한 수세식 변소를 갖춘 건물들이 보인다. 그 여자는 아마 그것을 몰랐거나, 아니면 그렇게도 용무가 다급했던 모양이다.

그렇지만 지금이 어느 때라고…… 혹 아니꼬운 꼴이 눈에 띄어 가래침이라도 뱉어줄까보다고 '카악' 하고 시원스레 목젖만 울려놓고는, '에구구 5천 원짜리 가래침이지' 하며 꼴깍 삼켜야 하고, 길가다 예전에 있었던 우스운 생각이 떠올라 혼자 빙글대다가도 혹 하늘 보고 웃는 세금이란 건 없었던가 수많은 세금 종목을 생각하느라 우울해져 표정이 우거지상이 돼야 하고 이렇게 잔뜩 주눅이 들어 있는 판에, 이 대낮의 대로상 방뇨는 대사건이 아닐 수 없었다.

그러나 그 여자는 어디까지나 태연자약했다. 고개를 당당히 쳐들고 방심한 듯, 열중한 듯, 황홀한 듯, 행복한 듯.

방뇨를 계속하는 동안의 그녀는 행인 중의 제아무리 성장한 여인보다도, 제아무리 젊은 여인보다도 아름답고 싱싱했다.

정말이지 그동안의 그녀는 이 번화가에서도 으뜸가게 압도적으로 아름다워 나는 숨을 죽이고 짜릿한 긴장감으로 그녀를 선망했다.

딴 행인들도 그랬을 것이다. 나처럼 서서 구경하지는 않았지만 곁눈으로 슬쩍 보기만 하고도 이내 즐거운 듯 부러운 듯 밝은 미소를 짓고는 또 한번 곁눈질을 하는 게 기막힌 미인에게 던지는 추파와 무엇이 다른가.

다행히 아무 일도 일어나지 않은 채 그녀의 노상방뇨는 무사히 끝났다. 그녀는 다시 구지레하고 평범한 여인이 되어 양동이를 이고 유유히 사람들 틈으로 사라져갔다.

참, 범법犯法의 목격치고는 유쾌한 목격이었다.

그렇다고 나라는 위인이 특별히 공중도덕을 우습게 안다든가 사소한 범법행위쯤 남의 눈만 없다면 예사로 해치울 배짱이 있느냐 하면 그렇지도 못할뿐더러 오히려 신경질적이리만치 그 방면에 까다로워 어딜 가나 그런 것을 지키랴, 안 지키는 사람 때문에 속을 썩히랴, 적잖이 신경을 곤두세우고 피곤하게 사는 편이다.

그러나 그것은 어디까지나 나 자신의 도덕적인 결백성의 문제지 외부로부터의 규제는 아니었다. 도리어 요새 하도 많은 법이 생겨 일상사에 사소한 문제까지 꼼꼼하게 규제를 하려들자, 가뜩이나 소심한 나는 잔뜩 주눅이 들어 있다가 그 반작용으로 길에서 방뇨하는 여인에게 그토록 찬탄을 보내게 되었는지도 모르겠다.

사람의 마음속엔 이런 용수철 같은 게 있는 법이다. 이 용수철이 엉뚱한 방향으로 튀어오르지 않게 법의 규제에도 묘미가 있어야지 미련해서는 안 되겠다. 그중에도 미니스커트나 장발족 단속은 좀 어떨까 싶다. 젊은이들의 옷이나 머리란 어차피 길어졌다 짧아졌다 하게 마련이 아닐까? 나이 사십에 꽤 많은 유행의 변천을 봐왔지만 그중에도 미니스커트는 유쾌한 유행이었었는데.

내가 겪은 유행 중 가장 추악한 유행은 아마 6·25사변중 유행한 비로드 치마가 아닌가 싶다.

모든 산업시설이 파괴돼 무명 한 치 못 짜내는 주제에 어쩌자고 일제 밀수품인 그 값비싸고 사치한 옷감이 그렇게도 극성맞게 유행을 했었는지.

검정 비로드 치마 한 벌이면 여름 겨울 없이 입을 수 있는 특급의 나들이 옷이었으니 한번 장만하기가 힘들어서 그렇지 장만만 해놓으면 경제적인 면도 없지는 않았지만 말이다.

그런데 이 비로드라는 게 털이 눌리면 번들번들 그 자국이 여간 흉하지가 않았고 다려도 안 펴지고, 그렇다고 빨면 통째로 감을 망치게 되는 통에 그 치마를 입고 앉을 때가 큰 문제였다.

의자, 특히 버스나 전차에서 좌석에 앉을 때는 실로 가관이었다. 빈자리가 났다 하면 우선 치마 뒷자락을 번쩍 치키고 속치마나 내복 바람의 궁둥이를 거침없이 들이댄다. 그런데 그 속치마나 내복이 또 문제였다.

그런 것의 국내 생산이 전연 없을 때라 상급의 내복이란 게 양키 시장에서 산 미군의 헌 군용 내복이 고작이었다. 내복의 남녀 구별 같은 것도 따질 때가 아니었다.

상상만 해보아라. 꾸깃꾸깃 때 묻은 인조 속치마가 아니면 구럭 같은 군용 내복을 무릎까지 걷어올려 고무줄로 동이고 양말이라고 신은 모습을 거침없이 보이며 아무데나 쑥쑥 궁둥이를 들이대는 처녀들을.

내 기억으로뿐만 아니라 아마 우리나라 4천 년 역사 중에서도 가장 여자가 추악하고 파렴치했던 때로 꼽히리라.

그래도 그때에도 남녀 간에 연애라는 게 있었던 걸 생각하면 신기하다. 황순원의 소설이었던가, 애인의 웃는 얼굴, 이 사이에 낀 고춧가루 때문에 파탄에 이른 연인 이야기가 있다.

남녀의 문제란 이렇게 섬세 미묘한 것이거늘, 그때 그 낯가죽 두꺼운 비로드 치마 아가씨에게도 연인이 있었으니 치사하고도 영원한 문제가 또한 남녀문제이리라.

머리털 좀 길어봤자

별것도 아닌 '영웅'

며칠 전 어느 다방에서의 일이다. 자리가 없어서 젊은이들하고 합석을 했다.

연령이 비슷비슷한 매우 호감이 가는 인상의 청년들이었다.

조용히 얘기들을 하고 있다가, 한 청년이 새로 나타나자 모두 "짜아식 장하다" "야아, 부럽다" "네 용기 알아줘야겠다" 하면서 유쾌한 환호성을 지르는 것이었다.

나는 그 청년이 영웅 취급받는 까닭이 궁금해서 자연히 그 청년들의 이야기에 귀를 기울였다.

별것도 아니었다. 나중 온 젊은이는 어찌 장발 단속을 교묘히 피해 꽤 긴 머리를 하고 있는 것으로 그토록 열렬한 선망을 받았던 것이다.

나는 저절로 웃음이 나왔다. 그러나 그 젊은이들을 한심하다거나 불량하다고까지는 생각 안 했다. 별것도 아닌 것 갖고 영웅 노릇하는 세상이구나 싶으면서도 한편 귀여운 느낌도 없지 않아 있었다.

거기 모인 청년들은 그들의 화제로 보나 태도로 보나 결코 불량 청년이 아닌 보통 청년이었고, 머리가 짧은 청년은 청년대로 귀여웠고 머리가 긴 것을 갖고 폼 재며 으스대는 장발 청년은 그 나름대로 밉지 않아 보였다.

결코 머리가 짧은 청년이 더 성실해 보이고 머리가 긴 청년이 불량 퇴폐적으로 보이진 않더란 얘기다. 그들은 공동의 관심사와 공동의 화제를 가진 명랑 솔직한 한 패거리였다. 결국 나는 머리털이 길고 짧다는 외모가 결코 그 머리털의 주인공의 의식구조를 결정짓는 것은 아닐 거란 말을 하고 싶은 것이다.

반복되는 유행의 속성

요즈음 젊은이들의 장발풍이 정말 퇴폐풍조인지 아닌지

나는 잘 모르겠다. 그렇지만 그게 설사 퇴폐풍조라 치더라도 장발을 강제로 단발로 만드는 걸로 퇴폐풍조를 일소했다고 믿는 건 세 살 먹은 어린애의 지혜만도 못한 것 같아 딱하다. 나는 장발을 퇴폐풍조라기보다는 세계적인 유행 정도로 가볍게 생각하고 싶다.

남자 머리가 짧아졌다 길어졌다, 넥타이 폭이 넓어졌다 좁아졌다, 여자 치마가 짧아졌다 길어졌다, 바지통이 넓어졌다 좁아졌다, 유행이란 어차피 길이가 있는 건 길어졌다 짧아졌다, 폭이 있는 건 넓어졌다 좁아졌다, 그 테두리 안에서 변하고 반복되는 게 아닐까. 우린 수없이 그런 반복을 보며 살아왔기 때문에 명동에 나가 제아무리 기이한 의상을 봐도 별로 놀라지지 않는다.

그런데 유독 머리털이 길어졌다 짧아졌다 하는 것만이 신경질적으로 다루어질 까닭은 없지 않을까. 이발하는 시간이나 돈이 절약되고, 집에서 어머니나 아내가 가위로 개성 있는 머리 모양으로 손질도 해줄 수 있어, 여러모로 나쁜 점보다는 이로운 점이 더 많을 텐데.

요즈음은 장발 단속의 기준을 남에게 불쾌감을 주는 정도로 잡고 있는 모양인데 그 불쾌감이란 게 매우 주관적인 거라 자기는 유쾌한 기분으로 다듬고 나온 머리털이 언제 어디서 단속반의 불쾌감에 걸릴지 알 게 뭔가. 사람이 머리털 때문에 전전긍긍하면서 거리를 다녀야 하다니 아무리 생각해도 불쾌하다. 그게 불쾌하면 자르면 될 게 아니냐고 나오면 할말은 없지만 너무 젊은이를 이해 못하는 소리다.

나는 잘 나다니지를 않아서 그런지 아직껏 심한 불쾌감을 주는 장발과 만난 적은 없다. 만일 만인에게 불쾌감을 주는 장발이 있다손 치자. 그렇다고 그걸 꼭 누가 시정해줘야만 할까. 자연히 당사자가 알아서 시정하게 될 것이다. 젊은이들이란 어차피 남에게, 특히 여자들에게 호감을 사고 싶어하기 마련이니까.

욕구불만의 돌파구

만일 만인에게 불쾌감을 주는 것 자체를 그 목적으로 하는 장발이 있다고 치자. 그렇더라도 크게 걱정하거나 미워할 것은 없다고 생각한다. 왜냐하면 이런 이유 없는 반항이나 욕구불만의 발로가 남에게 별로 큰 피해를 주지 않는 머리카락으로 치뻗쳤으니 얼마나 다행이냐 말이다. 젊은이들의 욕구불만이란 어차피 어디를 통해서고 터지거나 뻗치게 마련인 것을 위를 누르면 옆구리로, 옆구리를 막으면 등창이 되어서라도, 그러니까 막는 것보다 어떻게 자연스럽게 흐르게 하나에 신경을 쓰는 게 보다 현명할 것이다.

불쾌감을 기준으로 머리를 자를 권한을 가진 단속반은 제발 자기의 젊은 날을 돌이켜보면서 불쾌감의 범위를 너무 확대하지 말았으면.

우리 자랄 적은 지금 같진 않았으니라고 시체 풍습을 개탄하다가도 곰곰 생각해보면 그 시대는 그 시대 나름의 기이한 젊은 풍습이 있었고 자연스러운 욕구불만의 돌파구가 있었다는 걸 상기할 수 있을 것이다.

나는 요전에 우리 동네 할머니들이 모여서 한담을 즐기는 것을 들은 적이 있다. 거의가 다 칠십 고개를 넘은 고령의 할머니들로서 담배를 피우면서 담배를 배우게 된 동기 같은 걸 이야기하는데, 심화가 끓어서, 첫애 배고 입덧이 심해서가 동기였고 놀라운 것은 배운 시기가 대개 시집살이가 심한 새댁 적이라는 거였다. 남편이 시부모 몰래 색시 담배 대느라고 애쓴 얘기들도 했다.

그 시절엔 궐련이 귀했을지도 모르고 아마 시골이었을지도 모르니 새파란 새댁이 장죽이나 물지 않았었나 모르겠다. 그 전설적인 지독한 시집살이 중에도 그 정도의 욕구불만의 돌파구는 마련돼 있었구나 싶으니 저절로 웃음이 났다.

그러나 이 할머니들, 손녀나 손자며느리가 담배를 피우면 얼마나 해괴해할까. 모르면 몰라도 아마 '말세로다 말세로다' 할 것이다.

사람들은 몇천 년을 두고 늙은이는 젊은이 하는 짓에 '말세로다 말세로다' 한탄을 하는 짓을 반복하여 살아왔다. 그러나 다행히도 아직도 말세는 안 왔고 젊은이들에 의해 역사는 발전해왔지 않은가.

좀 여유가 있었으면

젊은이들의 머리에 너무들 신경과민이 되지 말았으면 좋겠다. 좀 좋은가. 긴 머리도 있고, 중간 머리도 있고, 짧은 머리도 있고, 짧은 치마도 있고, 긴 치마도 있고, 이제 여자들은 맥시다 미니다 구애받지 않고 자기에게 맞는 길이, 또 장소에 맞는 길이를 정해 자유롭게 입을 줄 안다.

장발도 신경 안 쓰고 내버려두면 다시 단발로 변하든가, 아니면 각자가 자기에게 맞는 머리 모양을 찾아낼 때가 오지 않을까 싶다. 생각만 해도 즐겁지 않은가.

남에게 아무런 피해도 주지 않는 자기 머리도 자기가 마음대로 못하고 단속반의 가위에 의해 획일적으로 잘리는 사회— 뭔가 우울하다.

그러나 강제로 삭발당하는 청년들의 모습을 TV로 보니 비교적 담담해 보였다. 이런 여유 있는 태도가 구한말, 단발령때 두가단頭可斷이나 발부단髮不斷이라던 선비들의 극단적인 태도와 비교되어 여러모로 다행스러웠다. 사람에겐 머리터럭 말고도 소중하게 지킬 게 얼마든지 있다는 태도는 얼마나 믿음직스러운가. 이제 이런 젊은이들에게 머리털을 그들의 것일 수 있도록 돌려줬으면.

공부에 열중하느라, 연애에 정신이 팔려서, 이발료를 아끼려고, 멋있으려고, 머리터럭쯤 자라는 대로 내버려두었기로서니 거리를 활보하는 데 지장을 주어서야 되겠는가.

난 단박 잘살 테야

골이 비었으니 외제광外製狂이지

벌써 본 지 2, 3년이 지난 일인데도 좀더 잊히지 않는 일이 있다.

별로 친하게 지내는 사이는 아니었지만 가끔 안부나 물으며 지내는 친지한테서 결혼 청첩장을 받았다.

사업이 잘돼 벼락부자가 됐다는 소문대로 참으로 성대한 결혼식이었다.

피로연까지 참석했는데도 집에서도 큰 잔치를 벌이니 집에까지 가자는 권유를 받았다. 그럴 만하게 친한 사이도 아니었기 때문에 사양을 했더니 옆의 사람들이 마구 잡아끌며 딸

기르는 사람은 꼭 봐둬야 할 게 있으니 가자는 것이었다. 나는 딸이 많기 때문에 호기심이 슬그머니 동했다. 딸 기르는 사람이 꼭 봐둬야 할 게 도대체 무엇일까. 나는 어름어름 사람들에 휩쓸려 차를 타고야 말았다.

그 댁은 신부 댁이었고 손님들한테 자랑하고 싶은 건 바로 신부의 혼수였다. 그러나 그 어마어마한 것들을 한마디로 혼수라 부를 수 있을는지 나는 '악' 하고 벌린 입을 다물 수가 없었다. 이 나이까지 혼인 구경도 여러 번 하고 부잣집 혼수도 더러 눈여겨봤지만 이건 그 정도의 안목의 상상을 초월한 것이었다. 결혼하면 곧 둘이서만 살림을 나서 살 거라는데 냉장고도 최신형, 초대형, 최고급의 외국 제품이었다. 모든 것이 이런 식으로 없는 게 없고 구경을 해도 해도 한이 없었다.

몇십 몇백 명의 손님을 치러도 두려울 게 없을 것 같은 아름다운 식기들, 우아한 글라스, 정갈한 은반상기, 세트로 된 각종 요리기구, 화려한 법랑 식기, 육중한 테플론 식기…… 끝도 없고 한도 없는 주방용구들이 하나같이 외국제인 것도 놀라웠고, 너무너무 양과 종류가 많아서 그것을 다 수용할 수 있는 부엌의 넓이를 나는 상상할 수가 없었다.

부엌세간이 이럴 때야 방에 놓을 가구 준비가 어떻다는 건 누구나 쉽게 짐작이 갈 줄 안다. 한식 안방에 놓을 자개장롱,

문갑, 탁자, 아기장……, 응접실과 침실용 양가구, 심지어는 외국 손님을 초대했을 경우 접대할 이조 중엽풍의 사랑방을 꾸밀 골동품적인 목공예품까지 갖추고 있었다. 아아, 그날 나는 또 얼마나 여러 개의 병풍을 보았던가, 수 병풍, 글씨 병풍, 그림 병풍, 골동품 병풍까지 아마 병풍만 실어도 한 트럭은 될 것 같았다.

침구의 수효와 종류도 헤아릴 수 없이 많았지만 옷은 다른 것에 비해 적은 편이었다. 그러나 시댁에 예물로 가져갈 침구와 옷과 패물이 또 어마어마했다. 신부의 어머니가 자랑스러운 듯이 이 예단 중에 제일 싼 게 시댁 가정부들한테 나누어 줄 1만 5천 원짜리 실크 옷 한 벌씩이라고 했다. 시부모님께는 예단에다가 비취 브로치니, 산호 노리개니 하는 각종 패물까지 끼어 있었다. 시아버지 양복도 몇 벌, 한복도 몇 벌이나 되는데 그 한복의 마고자 조끼마다 금단추가 찬란하게 빛났다. 그랜드 피아노를 싣기 위해 특별히 고용한 인부들이 포장을 공들여 하는 광경도 보였다.

이쯤 해두자. 말은 전할수록 보태져서 늘어난다고 한다. 그러나 맹세코 나는 내가 본 것을 여기 다 열거하지 못했다. 생전 처음 보는 이름도 모르고 용도도 모르는 신기한 것도 많았지만 어쩐지 그걸 그대로 남에게 전하는 것조차 끔찍하게 느꺼지기 때문이다.

여북해야 나는 같이 구경을 하던 사람 중에서 나하고 그래도 제일 친한 사람에게 나중에 넌지시 물어왔다. 이 댁 신부가 결혼식장에서 볼 땐 잘 몰랐는데 아마 어디가 병신임에 틀림없겠는데 어디가 병신인가고. 그랬더니 천만에 사대육신이 멀쩡한 미인이라지 않나. 그러면 몸에 무슨 병이 있든지 하다 못해 골이 남보다 비었든지 그렇지는 않냐고 물었더니 그것도 천만에, 건강하고 출신 학교도 명문으로만 뽑았다고 했다.

그래도 나는 오늘까지 다른 건 다 몰라도 그 신부가 골은 좀 빈 신부려니 하고 믿고 있다. 뭔가 지독한 열등감이 없이 어떻게 그렇게 많은 물량공세로 나올 수가 있겠는가.

살림은 스스로 장만해야 행복해

나는 그날 그 혼수에 질리고 나서는 한동안 딸자식이라는 것에 대해 공포감마저 느껴야 했다. 그래서 그날 그 신기한 구경이 꼭 악몽 같다.

그런데 더욱 걱정스러운 것은 그후에도 그 댁만은 못하더라도 분수에 넘치게 요란한 혼수를 보기도 하고 소문으로 들기도 할 기회가 너무 자주 있었다는 것이다. 여자가 사람 축에도 못 들었던 서러운 이조시대에도 이렇게 많은 것을 얹어서 시집보내지는 않았었다고 한다. 부잣집 딸이 자기가 일생 입고 쓸 만한 옷과 일용품을 해가는 수는 있어도 지금처럼 그렇게 겉으로 나타나는 가구나 예물 중심으로 왕창 물량공세를 취하지는 않았던 것 같다.

그렇다고 그게 미국이나 유럽에서 들어온 유행도 아니라는 건 그쪽에 갔다 온 사람들에게 굳이 묻지 않아도 누구나 알고 있다.

나의 개인적인 생각으론 이런 새로운 풍습은 벼락부자들 사회에서 비롯된 악습이 아닌가 싶다. 벼락부자들이란 부富에서 자신이 있는 것만큼 내면은 허하게 마련이고, 여기서 비롯된 열등감의 발로가 그런 철없는 물량공세로 나타난 것 같다. 또 벼락부자층과 권력층과의 정략결혼에서도 벼락부자가 과시할 수 있는 건 돈의 힘밖에 없으니 그렇게 나올 수밖에 없을 것 같다.

그러나 문제는 그런 악습이 서민사회의 풍습에까지 차츰 영향을 미치는 것이다. 혼수를 잘해주고 못해주고에 어떤 기준이 있는 게 아니고 순전히 상대적인 비교 때문에 그것이 벼락부자 사회에서 비롯됐든 어떻든 아무튼 지금 이 시대의 결혼 풍습에서 초연하기 그리 쉬운 일이 아니다. 분수를 지킬 만한 양식이 있는 사람도 남의 일엔 개탄을 하지만 자기 일이 되어 닥치면 뱁새가 황새 쫓아가는 식의 무리를 어느 틈에 하고 만다.

사람은 사회에 진출한 후 늙어죽을 때까지 대개 세 번의 빈곤곡선貧困曲線을 겪는다고 영국의 어떤 경제학자는 말했다.

첫번째는 독신으로 있다가 결혼해서 살림 장만할 때, 두번째는 40세를 전후해서 사회적인 지위는 안정되고 수입도 늘었으나 자녀들이 고등교육을 받게 되어 교육비의 압박이 제일 심할 때, 세번째는 퇴직 후 장성한 아이들이 뿔뿔이 제 살림을 났을 때, 이렇게 세 번을 치고 있으나 나는 두번째와 세번째 사이에 또 한번의 빈곤곡선을 긋고 싶다. 즉 자식들을 결혼시킬 때가 그것이다.

부모들이 이렇게 자식 결혼시키느라고 빈털터리가 되다못해 빚까지 져가며 남들에 비해 빠지지 않게 해주고 싶은 것도 따지고 보면 자식을 사랑하는 마음에서고 그 사랑하는 마음이란 소박하게 풀이하면 행복하길 바라는 마음이 아니겠는가.

그럼 어떻게 사는 게 행복하게 사는 걸까. 나는 어려운 것은 잘 몰라도 사는 행복 중에서 필요하고 갖고 싶은 물건을 벼르고 별러서 장만하는 재미, 또 그렇게 해서 장만한 것에 대해 갖는 애착 등도 꼭 맛볼 만한 중요한 행복이라고 생각한다.

부모가 자식에게 너무 아쉬운 것 없이 다 갖춰주는 것은 자식에게서 중요한 행복 중의 하나를 빼앗는 결과가 될지도 모른다.

없는 것 없이 다 갖춰놓은 곳에 몸만 들어가 생활한다, 그게 무슨 재미란 말인가. 생활에 매가리가 풀리면 권태로울 것은 당연하고 자연히 딴 고장에서 재미나 자극을 구할밖에 없는 것이다.

부모가 자식에게 줘야 할 것 중에서 중요한 것은 어떤 결과가 아니라 그 과정이 아닐까. 완성되고 구비된 물건이나 행복이 아니라 그것을 획득하기 위한 과정 말이다.

어린아이가 어느만큼만 자라면 벌써 현명한 부모는 완제품의 장난감을 주지 않고 마음대로 구성하고 파괴하고 다시 재구성할 수 있는 장난감을 준다. 그래서 아이로 하여금 만들어가는 과정을 즐기도록 해준다. 그런데 왜 장성한 자식들에게 완전히 구비된 환경, 완제품의 행복을 주지 못해 하는 것일까.

그것을 스스로가 얻기 위한 과정을 거치면서 어려움도 알고 재미도 알도록 도와주지 않고 덮어놓고 과정을 건너뛰도록 도와주려는 것은 중대한 잘못이다. 그것은 거의 사는 의미를 빼앗는 거나 마찬가지다.

과정의 의미

끝으로 부잣집 가정교사 노릇을 하던 여대생한테서 들은 얘기나 하나 소개할까 한다.

가정교사라지만 맡아 가르치는 애가 국민학교 저학년짜리라 허구한 날 가르칠 것도 마땅찮고 그래서 자연히 동화도 읽어주고 놀이도 같이 하고, 이를테면 친구 삼아 지내는 시간이 많았다고 한다.

또 친구 삼아 지내는 것도 공부 못지않게 생각하고, 말 한 마디라도 쓸 만한 소리를 하려고 애썼다고 한다.

그런데 이 꼬마 여학생이 맹랑한 게 자기 집도 부잔데 장차 희망이 아주아주 큰 부자한테 시집가서 아주아주 잘해놓고 사는 거라는 거였다.

가정교사가 듣기 민망해서 아무리 부자가 좋다지만 그래

도 신랑은 우선 인격이 훌륭해야 되지 않겠느냐고 했단다.

"선생님, 인격이 훌륭한 게 뭔데요?"

"그건 네가 더 크면 자연히 알게 돼. 쉽게 말하면 사람이 똑똑하고, 옳은 일을 할 줄 알고, 사람을 가리지 않고 사랑할 줄 알고, 대강 이런 사람이야."

"그럼, 부자 아니라도 인격이 훌륭할 수도 있겠네요."

"그럼, 그럼. 인격은 돈하곤 상관없는 거야."

"그럼 선생님은 인격만 훌륭하면 거지한테라도 시집갈 수 있단 말예요?"

가정교사는 이 물음에 대답을 약간 망설이지 않을 수 없었단다. 그렇지만 내친김에 용기를 내서

"아주 훌륭하면 그럴 수도 있지."

"아이 흉해라. 어떻게 돈 한푼 없이 거지짓을 하면서 무슨 재미로 살아요? 더럽고 배고프고……"

"사람만 똑똑하면 맨날 거지일 리가 있나. 자연히 돈도 벌고 훌륭하게 될 수 있지."

그 대답에 꼬마 여학생이 카르르 웃으며 가정교사를 조롱하더란다.

"그럼 결국 똑같네요. 선생님도 잘살고 싶은 건 마찬가지 아녜요. 그럴 바엔 부자한테 시집가서 단박 잘살지 뭣하러 거

지한테 시집가서 고생하다가 잘살아요? 난 단박 잘살 테야요."

너무 기가 막혀 말문이 막혔다고 한다. 어릴 적부터 벌써 고된 과정을 깡충 건너뛰어 단박 잘살 궁리부터 한다.

오늘날의 모든 문제가 바로 이 건너뛰기에 있는지도 모르겠다.

잘 익은 열매를 자식들 코앞에 갖다 들이대는 부모 사랑에서 열매를 가꾸는 과정의 수고와 기쁨을 자식들에게 주는 부모 사랑으로 바뀔 때가 와야겠다.

주말농장

서울 아이와 시골 아이

여덟 살 때 서울에 와서 피난 시절만 빼놓고 여지껏 쭉 서울에서만 살다보니 나에게 시골뜨기 티가 남아 있을 리가 없다.

그래도 나는 이 8년 동안의 시골생활과 조상이나 친척 들이 시골뜨기라는 걸 큰 다행으로 알고 있고 그걸 갖고 남에게 자랑하기를 좋아한다.

나는 내가 시골에서 나서 자랐다는 얘기를 남에게 할 기회가 생기면 꼭 골이 빈 사람이 미국이나 유럽에 갔다 온 것을 자랑할 때처럼 으스대며 마구 신이 난다.

시골에서 나서 자란 사람은 아무리 후에 도회 물에 씻기고 닮아도 그 본질 중에 자연의 이치를 닮은 용기와 겸허함과 정직함이 있어 우선 사람이 믿음직스럽다.

힘이 있으되 소위 깡다구라고 하는 도회인의 힘처럼 겉으로 나타나는 허구의 용기가 아니라 뿌리가 땅에 내린 듬직한 힘이다.

그래서 나는 국민학교쯤은 시골에서 마친 사람을 좋아하고 중고등학교까지도 시골에서 나온 사람이면 더욱 좋아한다.

시골에서 성장기를 보낸다는 건 아주 중요하다.

도시 아이들이 교실에 괘도를 걸어놓고 괭이밥이 어떻고 쇠비름이 어떻고 배추꽃과 무꽃은 어떻게 다르고 골백번 배워봤댔자 말짱 헛거다.

시험 문제로서의 가치밖에 없는 그것들의 개념을 배울 뿐 그것들의 본질에 대한 이해도 사랑도 있을 리 없다. 그런 것들을 잘 배워 시험을 잘 친 아이일수록 헛약고 속이 옹졸하기가 일쑤다. 그러나 시골에서 그것들과 더불어 사귀고 친해지고 사랑하며 자란다는 건 대자연의 오묘한 이치에 대한 깨달음의 시작이 될 테고, 대자연을 위대한 교사로 받들어 모신 폭이 되니 얼마나 큰 축복일까.

그래서 시골 출신들은 겉으론 우직한 듯하면서도 속이 넓고 인간성이 크다.

그의 인간성 속엔 누구나를 맞아들일 고향 같은 걸 갖고 있다. 서울 출신들에겐 좀체 없는 크고 옳은 일을 할 바탕 같은 게 잡혀 있다.

그런 의미로도 나는 내 아이들을 서울에서 낳아 서울에서만 키우고 있는 게 걱정스럽고 아이들한테 미안스럽다.

이제 도시는 좁은 뒷골목까지 말끔히 포장돼 어디서 넘어지거나 굴러도 먼지는 묻을지 몰라도 흙은 안 묻는다.

온종일 싸다녀도 신발에 진흙 한 덩이쯤 묻혀오는 일도 없게 되었다. 큰 건물 앞이나 광장 같은 데 잘 다듬어진 화단이 없는 건 아니지만 빛깔이 강렬한 서양화초가 기하학적인 무늬로 무리져 피어 있는 걸 보면 흙에서 난 자연물 같지 않고 꼭 어린 싹을 가꾼 게 아니고 어느 날 정원사가 다 핀 꽃을 온실에서 별안간 옮겨다 색 맞추어 심은 것이다.

그러니 그것을 바라보는 아이들이 백화점 쇼윈도를 바라보는 것 이상의 감동을 하리라고 기대할 수는 없지 않은가.

이렇게 아이들을 자연에 대한 감동을 맛볼 기회 없이 키운다는 게 문득문득 두려워진다.

자연을 모르고 흙으로부터 단절된 채 자란다는 건 부모 없이 자라는 것과는 또다른 의미로 아이들을 고아로 만드는 일일 것 같다. 우리를 낳은 근원에 대한 사랑과 외경과 순종을 전연 모르면서 자라야 되니 말이다.

아이들을 이렇게 키워서 어떻게 하나 하는 근심은 비단 나만의 것이 아닌 듯, 이런 근심 끝에 시골에 농장을 마련하는 여유 있는 사람들이 요새 꽤 있다.

참 좋은 일이다 싶어 처음에는 부러워도 하고 나도 언제고 돈이 생기면 시골에다 농장을 마련할 꿈을 가져보기도 했다. 그러나 재작년에 한번 시골에 그런 농장을 마련한 친구를 따라 거기 가보고 난 후엔 그런 생각이 쑥 들어갔다.

뿐만 아니라 그때의 기억은 나로서는 꽤 충격적인 것이어서 '주말농장'이란 제목으로 소설화하기까지 했다.

그 친구의 주말농장은 강원도 춘성군에 있는데 친구 몇이서 합자를 해서 경치 좋은 산골짜기에 밭을 천여 평 사가지고 같이 채소를 가꾸고 하룻밤쯤 묵고 쉴 수 있는 오두막집도 하나 지어놨다는 것이었다.

그래서 주말이면 가족끼리 가서 오두막집에서 묵고, 아이들은 김도 매고, 채소가 자라고 꽃 피고 열매 맺는 것을 관찰도 한다는 것이었다. 듣기만 해도 부러운 얘기가 아닐 수 없었다. 내가 너무 부러워하니까 그 친구가 그럼 놀이 삼아 한번 같이 가보자고 해서 어느 주말 따라 나섰다.

몇 가구가 모여서 같이 가는데 입고 가는 옷부터가 도저히 농사지으러 가는 옷이 아니었다.

농촌의 새로운 공해

어른 아이 할 것 없이 울긋불긋 야하고 호사스러운 게 흡사 이름난 바닷가로 호화 피서를 떠나는 재벌 2세들 같은 복장이었다. 교통편도 자가용이었고, 갖고 가는 짐도 아이스박스서부터 미제 깡맥주, 콜라, 주스, 통닭 등 없는 게 없었다. 나는 암만해도 헛다리를 짚은 것처럼 찜찜했다.

그렇지만 나선 김이니 끝까지 봐주자 싶어 자가용에 동승했다. 그런대로 아이들이 희희낙락하는 건 보기 좋았다.

과연 주말농장은 명당자리에 자리잡고 있었다. 울창한 산이 두 갈래로 갈라지면서 생긴 삼각지대에, 산에서 흘러내린 많은 시냇물을 옆에 낀 곳에 있었다. 시골 사람들은 자기 농토에 철조망은커녕 새끼줄 하나 치는 법이 없거늘 그들의 주말농장엔 철조망을 몇 겹이나 삼엄하게 쳐놓아 한눈에 그 고장 사람들의 농토가 아니란 걸 알 수 있었다. 농장 입구엔 농장이라고 다방이나 살롱 이름을 닮은 서양 이름 간판까지 붙어 있었다. 집도 오두막집이라더니 천만의 말씀이었다.

파란 슬레이트를 인 북구풍의 뾰족집이 깜찍하고 화사했다. 집 지키는 사람까지 있어 그 집에서 살면서 농사일도 돌본다는 거였다. 그러니까 농사일은 그 사람이 도맡아 하고 있는 셈이었다. 그 집 식구들은 우리 일행에게 민망하도록 굽신댔다.

20호가 될까 말까 한 초라한 산촌이 지척에 보이고, 그곳 아이들이 쉴 새 없이 나와서 손가락을 입에 물고 우리 일행을 멀거니 바라봤다.

우린 오두막집 뒤뜰에 우리의 짐을 풀고 자리를 잡았다. 바로 곁에 수유리 계곡보다 폭은 좁으나 더 차고 맑은 풍부한 시냇물이 상쾌한 소리를 내며 흐르고 있었다. 서울 아이들은 환성을 지르며 화려한 수영복으로 갈아입고 풍덩풍덩 물로 뛰어들었다.

눈이 부신 볕뗄이 사정없이 내리쬐는 한여름의 밭에서 도대체 무엇이 자라고 무엇이 열매 맺고 익어가나에 관심을 가진 아이는 한 명도 있는 것 같지를 않았다.

다만 물장난을 치는 즐거운 환성만이 골짜기에 자자했다. 아이들은 물장난은 물장난대로 치면서 연상 먹고 마셔댔다. 어른들도 맥주나 주스를 마시기 시작했고 닭다리를 뜯기 시작했다. 한편 오두막집지기 아줌마에겐 더운 점심을 부탁해 허둥지둥 쌀을 씻고 마당에 화덕을 걸고 불을 지피느라 아줌마는 비지땀을 흘렸다.

저만치 세워놓은 자가용 둘레엔 동네 아이들이 빙 둘러선 채 언제까지나 떠날 척도 안 하고 이쪽을 구경하고 있고 지나가던 어른들은 한동안 발걸음을 멈추었다.

드디어 흥겨운 점심 자리가 마련되고 처음에는 아이들 노래자랑으로 시작한 오락판이 어른들의 노래와 춤으로 그 절정에 달했다. 식곤증과 취기와 피로로 남자들은 흐트러진 모습으로 여기저기 나뒹굴어져 낮잠을 자고 그제야 엄마들이 아이들을 데리고 밭이랑 사이를 걸으며 이건 오이꽃 이건 호박꽃 해봤댔자 아이들이 관심을 갖는 것 같지도 않았다.

농사꾼들이 한여름의 폭양을 무릅쓰고 몇 떼기의 밭, 몇 마지기의 논에 목숨을 매달고 농사를 짓는 옆에서 오락 삼아 취미 삼아 농사짓기 놀이를 벌인다는 건 농사꾼에 대한 얼마나 큰 모욕이요, 그들의 성실에 대한 얼마나 철딱서니 없는 유린일까. 저녁나절 농사꾼들이 넓혀놓은 농로農路로 자가용을 몰아 그 골짜기 마을을 벗어나면서 우리가 그날 하루 얼마나 큰 해독을 그 마을에 뿌리고 떠나나 하고 심한 부끄러움을 느꼈다. 그때가 재작년 일이고 그때만 해도 주말농장이란 말을 난 퍽 신기하게 받아들였다가 이런 일을 겪었었다.

도시인의 몰지각이 도무지 걱정스럽기만 하다.

도시인의 탈공해도 중요하고 정서생활도 중요하지만 남이 목숨을 걸고 하는 행동을 바로 그 옆에서 취미 삼아 오락 삼아 즐긴다는 건 목숨 걸고 하는 행동에 대한 중대한 모욕이나 조소가 된다고 생각한다. 그래서 드디어는 목숨 걸고 하는 행동에 회의를 품게 되고 의욕을 상실하게 된다면 어쩔 것인가.

또 일주일에 한 번쯤 나가서 농사 흉내를 내고 돌아온다는 게 도시의 아이들을 위해서도 결코 이로울 게 없을 줄 안다. 아이들은 순진한 것만큼 철딱서니도 없다. 아이들다운 직감으로 먹는 것, 입는 것 생활양식의 격차를 단박에 알아차리고 우월감과 특권의식을 갖게 되는 건 당연하다 하겠다.

그리고 농사일이란 보잘것없는, 경멸해 마땅할 천역이로구나 하는 생각을 은연중 하게 될지도 모른다. 결국 주말농장을 통한 도시 아이들과 농촌 아이들과의 만남이란 한쪽에는 부질없는 우월감을, 한쪽에는 상처를 주는 결과밖에 못 남길지도 모르겠다. 문제는 농촌과 도시의 생활의 격차가 하루빨리 해소돼야 하겠지만 그때까지는 주말농장을 갖는 분의 양식에 기대할밖에 없겠다.

도시에서 각종 공해가 우리의 건강을 위협하듯 농촌에선 주말농장이라는 새로운 공해가 농민들의 정신건강을 해친다면 어쩔 것인가.

봄에의 열망

달력의 마지막 장이 낙엽의 신세가 되어 초라하게 달려 있다. 설경雪景이 그려져 있다. 오늘밤쯤 혹시 눈이 오려나, 날이 침침하다.

막연히 눈을 기다려본다. 세월 가는 소리라도 듣자는 걸까? 올 1년은 산 것 같지를 않고 잃어버린 것 같다. 실물失物을 한 허망함과 억울함. 그러나 신고할 곳은 없다.

사는 것은 무엇일까? 내가 재치박사라면 사는 것이란 싸움질이라고, 극히 재치 없는 살벌한 대답을 할 것이다.

우선 일과의 싸움, 어제의 노고를 무無로 돌리고 밤사이에 정확하게 제자리로 돌아와 쌓여 있는 여자의 일, 일, 또 일.

빨랫거리, 연탄불 갈기, 먹을 것 장만하기, 청소 등 어젯밤에 분명히 다 끝낸 줄 알고 자리에 들었건만 아침이면 정확히 어제 아침만한 부피로 돌아와 쌓여 있는 일과의 영원한 일진 일퇴의 싸움질, 시시포스의 신화는 바로 다름아닌 여자의 이 허망한 노고를 이름이렸다.

그러나 싸움을 걸어오는 것이 어찌 일뿐일까? 시장에 가면 장사꾼의 간교와의 싸움, 늘 이쪽이 비굴하고 저자세의 입장에 서야 하는, 그래서 한 번도 이겨본 일이라곤 없는 불리하고 불쾌한 싸움, 웃는 낯으로 아양을 떨며 달려드는 불량, 날림, 속임수, 허풍과의 싸움, 물가고와 주머니 사정과의 싸움, 수입에 도전해오는 지출과의 싸움, 욕구와 현실과의 싸움, 툭하면 사회풍조를 타고 허구 위로 올라가지 못해 하는 생활을 땅으로 끌어내려야 하는 싸움, 마땅히 그래야 할 것과 절대로 그럴 수는 없는 것과의 싸움.

어디 그뿐일까. 자라나는 아이들을 바르게 기르려는 것도 싸움질이다. 아이들이 바르게 자라는 것을 저해하고 조소하는 온갖 악덕―이루 열거할 수도 없는 숱한 악덕과의 싸움질이다.

그럼 매일 이런 악전고투에 임해야 하는 나는 무엇일까? 신념과 투지에 넘치는 호전적인 용사라도 된단 말인가.

천만에, 영문도 모르게 소집되어 최전방에 세워진 일개 초라한 졸병이다. 졸병은 왜 싸우는 것일까? 싸울 수밖에 없으니까, 졸병이니까, 안 싸우면 자기가 죽으니까. 글쎄 어느 쪽일까 아무튼 훈장을 위해 싸우지 않는 것만은 확실하달까.

바람이 유난히 센 날, 유난히 아득한 보금자리를 마련한 어미 새가 있다면 아마 그 날갯죽지 밑에 고투의 핏자국이 선연하리라. 그렇지만 나에겐 어미 새만큼의 자신도 없다.

긴긴 겨울밤, 올해도 얼마 안 남았구나 싶으니 이런 일 저런 일을 돌이켜보게 되고 후회도 하게 된다. 이런저런 시시한 후회 끝에 마지막 남은 후회는 왜 이 어려운 세상에 아이들을 낳아주었을까 하는 근원적인 후회가 된다. 그리고 황급히 내마지막 후회를 뉘우친다. 후회를 후회한다고나 할까.

아아, 어서 봄이나 왔으면. 채 겨울이 깊기도 전에 봄에의 열망으로 불안의 밤을 보낸다.

오기로 산다

재미없다, 아아 재미없다

　라일락의 꽃망울이 토실토실 터질 듯이 부풀고 버들잎이 하루가 다르게 푸르러가고 있다. 멀리서 버드나무의 가로수를 볼라치면 제법 녹둣빛 터널을 이루고 있다. 기다리고 기다리던 봄이 온 줄도 모르게 와서 무르익어가고 있다.

　겨울 동안에 죽어 있던 모든 게 살아나 기지개를 펴고 삶의 즐거움을 구가하는 게 보이고 들리는 듯하다. 겨울 동안 사는 게 하도 답답하고 재미없기에 봄만 오면 뭐가 좀 탁 트일 것 같아 봄을 몹시 기다렸었는데 봄이 진작부터 와 있는 지금도 사는 게 조금도 재미있지 않다. 아침에 눈을 뜨고 제일 먼저 떠오르는 생각도 사는 게 왜 이렇게 재미없을까, 재미없다, 아아, 재미없다가 고작이다. 그러고 나서 하루라는 시간의 탁류濁流는 무력한 검부락지처럼 둥실 떠내려간다.

군이 무슨 재미로 사냐고 물으면 오기로 산다고밖에 대답할 말이 없다. 문득 검부락지임을 거부하고 살아 있는 잡초처럼 싱싱하게 고개를 세워보는 오기로.

버스를 타면 천장에 라디오 소리가 흘러나오는 창살 달린 조그만 구멍이 있다. 재수가 나쁘면 만원 버스에서 하필 그 밑에 서게 된다. 세상 돌아가는 험악한 소식과 절대로 우습지 않은 코미디와 '나는 어떡하라고, 나는 어떡하라고'가 사정없이 골통으로 쏟아진다. 조금만이라도 비켜서고 싶지만 만원 버스 속에선 그게 그리 쉬운 일이 아니다. 꼭 미칠 것 같다. 꼭 미칠 것 같으면서도 그 소리의 횡포에서 한 발자국도 못 비켜선 채 꼼짝없이 당한다. 듣고도 못 들은 척 딴생각을 하려고 안간힘도 써보지만도 도통하지 않는 속인俗人 신세론 듣고도 못 들은 척이 그렇게 쉬운 게 아니다. 그러다가 버스를 내리면 살 것 같다.

그러나 그 살 것 같은 자유의 맛도 잠깐, 곧 이 세상 어디메고 버스가 없는 곳이 없는 것 같은 생각이 들게 된다.

방법만 조금씩 다를 뿐 언제 어디서고 세상 돌아가는 소식, 우습지 않은 코미디, 시끄러운 유행 음악은 무슨 방법으로든지 정수리를 얻어맞고 있다는 기분에서 헤어나질 못한다. 아마도 현대를 사는 종신형으로 그런 기분은 죽도록 따라다닐 것 같다.

그러니 차라리 이런 외부의 소리의 공격에 오기로 맞서는 게 낫다. 바로 정수리 위의 소리 구멍에서 세상 소식을 알려온다. 먼저 정중하게 고위층의 그날의 동정을 전해주고 다음은 한결 신나는 소리로 상류층 소식을 알려준다. 사람이 왜 이렇게 층수가 많은지 모르겠다. 그런데 전번 보석 부인도 상류층이더니 요즈음 도박 부인도 상류층이란다. 그 누더기 같은 사람들에게 말끝마다 상류층 상류층 하는 데 헛구역질만 할 게 아니라 그럴 때 한번 오기를 부려보는 거다. 고위층에겐 감히 못 부려본 비겁한 오기나마 상류층한테 한번 부려보는 거다.

적어도 사람에게 상류니 하류니 하고 등급을 매기려거든 좀 제대로 매겨라. 그저 돈만 있으면 상류냐? 사람에겐 사람만이 지닐 수 있는 품성이란 게 정신이란 게 따로 있는 법이고 이게 올바로 박히고 이게 고상해야 사람값이 나가 상류고 나발이고 되는 거야 하고.

그리고 바로 내가 그런 종류의 상류라도 되는 듯이 고개를

도도하게 곧추세우고 몸을 도사려본다. 이런 내 몸짓은 오기라기보다는 입이 험한 내 아들이 잘 쓰는 말로 하면 똥폼쯤될지도 모르겠다. 그런데 이 똥폼조차 만원 버스에 짐짝처럼실려서야 좀처럼 잡아지지를 않는다. 이런 똥폼조차 깔아뭉개고 말겠다는 듯이 소리 구멍에서 흘러나오는 도박 부인 얘기는 점입가경이다. 하루 판돈이 50만 원 100만 원 하고 따지다가 그 판에선 5분 동안에 만 원씩 잃거나 땄거나 한 계산이나온다는 복잡한 나누기 셈까지 해내는 게 아닌가.

5분간에 그까짓 만 원, 1분간에 몇십만 원, 아니 한 판에 몇십억 원의 도박을 한 사나이까지도 우리는 알고 있다. 세상엔 돈이 지독하게 귀한 고장이 얼마든지 있는 것만큼이나 돈이 지천으로 흔한 고장이 얼마든지 있다는 걸 우리는 알고 있고, 화투장이 왔다 갔다 해야만 도박판이 아니라 큰돈이 왔다갔다 하는 고장치고 도박판 아닌 곳이 없다는 걸 우리는 알고있다.

그런데도 나는 5분간에 만 원이란 소리에 여지껏의 오기인지 똥폼인지가 바람 빠진 풍선처럼 팍 죽는 걸 느꼈다. 그러고는 말할 수 없이 비참한 기분이 되고 말았다. 왜냐하면 재수 나쁘게도 그때 나는 며칠 전에 내가 받은 원고료 1만 5천원을 떠올렸기 때문이다. 한 달 반 동안이나 걸려서 겨우 백

장짜리 단편을 하나 쓰고 그 고료로 일금 1만 5천 원을 받았던 것이다.

그 1만 5천 원은 받을 때부터 나를 비참하게 만들더니 문득문득 생각이 날 때마다 나를 비참하게 만들었다. 문인이 글 쓰고 받는 대접을 어찌 금전적인 차원에서만 따질 수 있으랴 하고 자위를 하려도 나는 그게 잘 안 된다. 차라리 안 받았으면 자존을 지킬 수 있었을지도 모르겠는데 받았다는 기억이 있는 이상 도무지 자존이나마 지킬 수 없다.

스스로 긍지를 지키는 몸짓

원고료라는 게 참 묘하다. 모든 보수가 다 그렇듯이 원고료라는 것도 후하면 좋고 박하면 섭섭하고 그런데도 될 수 있는 대로 그런 내색 안 하고 무표정하게 받아넣고 더군다나 미리 얼마 줄 거냐고 흥정하고 글 쓰는 일은 그리 흔치 않은 것 같다. 그런 점잖지 못한 짓은 장사꾼들이나 할 짓이지 적어도 인간의 삶의 문제를 다루는 고도의 정신적인 작업을 하는 고상한 문인이 할 짓이 못 될지도 모르지만, 나는 그 얘기를 좀 해야겠다.

작년부터인가 문예진흥원에서 나오는 고료지원으로 고료가 한결 두둑해졌다. 그렇다고 그걸 받는 게 반드시 감지덕지 고마웠던 것만은 아니었다. 솔직히 말해서 얼떨떨하고도 좀 어정쩡했다. 갚을 자신이 없는 부채를 야금야금 지고 있는 기분 같다고나 할까.

뭐가 예쁘다고 귀한 나랏돈을 괜히 얹어줄 리는 없고 무슨 목적이 있긴 있겠는데 그 목적이란 게 문자 그대로 문예중흥이 아니겠는가. 문예중흥—좀 좋은가. 이 땅에 태어나서 문예중흥에 이바지할 기회가 주어진 걸 무상의 영광으로 알면 알았지 감히 몸을 사리거나 이의를 제기할 생각은 추호도 없다.

문제는 정부에서 생각하는 문예중흥의 의미와 우리가 생각하는 문예중흥의 의미가 과연 일치할까 하는 회의에 있다. 이런 회의 때문에 고료지원으로 두둑해진 돈봉투를 받으면서도 기쁨보다는 곤혹감이 앞섰던 것이다. 내가 받았다는 1만 5천 원은 고료지원이 포함되지 않은 순수한 고료였다. 어쩐 일인지 문예진흥원의 고료지원이 아직 안 나왔으니 우선 그것만 받으라는 거였다. 그러니까 그게 그 잡지사가 지불할 수 있는 적당한 고료인 셈이었고 내가 어정쩡한 일종의 부채감 없이 받아도 되는, 덤이 붙지 않은 순수한 보수인 셈이었다. 그런데도 나는 그것을 받고 왈칵 분노와 모욕감을 느꼈고 두고두고 그 생각만 나면 비참해졌던 것이다.

나는 글쟁이 생활이 오래되지는 않아 문단이란 것이 어디 메에 어떤 모습으로 있는 단壇인지 아직 한 번도 본 적이 없지만 그것이 있는 고장이 지독한 적빈赤貧의 땅이란 것만은 알 것 같았고, 그 적빈의 고장과 나도 다소나마 인연을 맺고 있다는 생각은 이토록 비참했다. 그렇지만 그것 때문에 너무 오래 비참해하긴 싫다. 스스로를 비참해하는 것은 내 오기가 용서하지 않는다. 차라리 이런 지독한 푸대접에 대한 앙갚음을 꿈꾸는 게 낫겠다. 옹졸하지 않은 멋있고 비장한 앙갚음을.

뭐니 뭐니 해도 이 시대를 끝끝내 타락하지 않고 수척하게 나마 건강하게 정신 바짝 차리고 두 눈 말똥말똥 뜨고 옳고 그른 것을 똑바로 살펴보고 바른 말을 위해 혀를 움직일 줄도 알며 의연히 살 수 있는 사람들이 있다면 이 적빈의 고장 사람들밖에 더 있겠는가. 그래서 이 푸대접받는 적빈의 고장이 이 시대의 엄청난 타락을 극복할 수 있는 마지막 보루가 될 수 있다면 얼마나 비장한 앙갚음이 될 것인가. 그러나 이런 어렵고 멋있는 일을 글줄이나 쓴답시는 사람이면 누구나 다 할 수 있는 게 아닐 테고 더군다나 내 경우는 순전히 오기뿐이다. 그렇지만 이런 오기마저 없다면 무슨 재미로, 무슨 기운으로 이 세상을 살 것인가.

그러니까 오기란 억눌리고 약한 자가 스스로의 긍지를 지키기 위한 최소한의 몸짓 같은 것인지도 모르겠다. 권세도 없고, 돈도 없고, 따라서 늘 푸대접만 받게 마련인 약한 자가 자기도 엄연히 살아 있는, 깨어 있는 인간임을 확인하고 타인에게 인식시키기 위한 수단으로 오기는 있는 것일 게다. 지렁이도 밟으면 꿈틀하듯이 말이다. 이 꿈틀은 밟은 자의 입장에서는 미미한 꿈틀에 지나지 않지만 지렁이의 입장에선 목숨을 건 꿈틀일 게다.

그런데 이런 오기를 반대로 권세를 쥔 쪽에서 부린다면 어떻게 될 것인가. 인간과 인간과의 관계에서 권세를 쥔 쪽과 못 쥔 쪽의 관계는 흡사 칼자루를 쥔 쪽과 칼날을 쥔 쪽과의 관계로 비유될 것이다. 그런데 칼자루를 쥔 쪽에서 함부로 오기를 휘둘러보라. 그것은 이미 오기의 한계를 지나 무서운 횡포요 파괴력이 될 것이다.

오기 아닌 횡포

처음부터 한쪽은 칼자루를 쥐고 한쪽은 칼날을 쥐고 시작한 싸움에서 칼자루 쥔 쪽이 자루를 마음대로 휘둘러 날을 쥔 쪽을 이겼다고 해서 누가 박수를 칠 것인가. 차라리 침을 뱉고 고개를 돌려버릴 것이다.

칼자루 쥔 쪽의 참다운 오기는 관용과 겸허의 덕이어야 할 것이고 또 그것만이 날을 쥔 쪽의 오기를 컨트롤할 수 있을 것이다. 그런데도 요즈음 우리는 우리 주위에서 칼자루 쥔 쪽의 오기 아닌 횡포를 너무도 많이 본다. 상대적으로 권세도 돈도 없는 대다수의 사람들은 꿈틀하는 정도의 오기마저 말살된 채 검부락지처럼 무력해지고 있다. 이래놓으니 간혹 꼭 오기가 남아 있는 사람이 있더라도 극소수 분자로 몰리기가 꼭 알맞다. 이대로 가다가는 세상이 곧 말썽 없이 평화스러워지리라는 건 의심할 나위가 없다. 그러나 이런 평화가 어찌 산 평화일까, 죽은 평화지.

정부는, 국민의 경영주는, 사원의 부모는 자식의 오기를 어여삐 보고 대견히 알고 겸허와 관용으로 잘 컨트롤하면서도 바람직한 방향으로 신장시킬 줄도 알아야겠다. 왜냐하면 그건 사람이 살아 있다는, 정신이 깨어 있다는 표시이기 때문이다.

오기가 과하면 말썽도 빚지만 정신이 깨어 있는 자의 참다운 오기가 문화도 예술도 창조하고 역사를 몇십 년쯤 앞질러 살기도 한다. 어찌 이 귀한 것을 말살만 시키려 하는 것일까. 한심하고 답답하다.

오기가 모조리 뽑히면 성가신 말썽도 없어지기야 하겠지만 그게 어디 사람이 살아 있는 세상이라고 할 수 있겠는가. 죽은 육신엔 부패가 있을 뿐이고 죽은 정신엔 침체가 있을 뿐이다. 오기를, 특히 정의감이 시들지 않은 젊은이의 신선한 오기를 살 용기가 없는 사람은 권한이란 칼자루를 쥘 자격도 없다고 단언한다면 지나친 고언일까.

짧았던 서울의 휴가

꼭 어른이 데리고 가주기만을 바라던 여행을 올해는 아이들이 저희끼리만 떠났다.

행여 어른이 데리고 가겠다고 나설까봐 미리 겁을 먹고 힐끔힐끔 눈치까지 봐가며 방학을 하자마자 아이들은 뿔뿔이 흩어졌다.

여름은 집뿐 아니라 가족으로부터도 떨어지고 싶은 계절인지 형제끼리도 같이 가지 않고 제각기 저희 친구끼리 패를 만들어 떠나는 모양이었다.

그런데도 떠나는 날짜는 공교롭게 같은 날이어서 여러 아이들이 한꺼번에 부산을 떠는데 얼이 쑥 빠져버릴 지경이었다.

딸은 넷씩이나 되는데 청바지는 한 벌밖에 없었다. 몸매가 비슷해서 번갈아가며 입어도 별로 불만들이 없더니 한꺼번에 길을 뜨려니 우선 청바지 쟁탈전부터 벌어졌다.

어찌 청바지뿐일까. 수영복도 입을 만한 것은 두 벌밖에 없고 여행 백도 모자라고, 모든 것이 부족한 것 천지였다.

나는 별수 없이 백화점의 비치모드 세일의 인파 속으로 뛰어들었다. 해마다 어느만큼은 부러워하면서, 어느만큼은 딱해하면서 신기한 풍경처럼 구경만 하던 화려한 소비의 인파 속으로 폼 잡고 뛰어든 것이다.

형제끼리 번갈아가며 입어라, 형제끼리 내리내리 입어라, 이러면서 아꼈던 옷값을 이런 때 안 쓰면 언제 쓸 것인가. 나는 마치 생전 처음 남 다 가는 바캉스라는 걸 갈 수 있게 팔자가 피었으되 다분히 바캉스라는 것에 원한이 맺힌 벼락부자의 마누라라도 된 것처럼 정신없이 주책없이 냅다 바캉스 용품을 사들였다.

그래도 모자랐다. 여자애들이란 집 안에서나 집 밖에서나 필요한 것이 많고도 많은 법이다.

매일 갈아입을 옷가지로부터 기름, 깨소금, 고추장까지 퍼내고 나니 아이들이 떠난 자리가 흡사 마라토너가 지나간 자리처럼 황량했다.

그러나 아이들이 집을 비운 사이 나는 행복했다.

나의 고옥古屋은 산사山寺처럼 조용해졌고 4반세기를 산 곰삭을 대로 삭은 부부 사이가 신혼의 사이처럼 별안간 서툴 고 아기자기해졌다.

노후라는 것도 이러리라. 나는 노후를 예습하듯이 집 보기 의 생활을 즐겼다.

일찍 자고 늦게 일어나고 아이들로부터 날아드는 그림엽 서나 기다리고, 복날이면 닭다리를 뜯으며 서울의 휴가는 복 되고도 복됐다.

너무 행복하면 깜짝 놀라면서 원고를 썼다. 복중伏中에 원 고를 쓰는 고통에는 기묘한 슬픔 같은 게 스며 있었다.

내 집이 비니 서울이 텅 비었을 것 같고, 도시란 도시는 다 텅 비었을 것 같고, 이렇게 여름 한때마다 도시인이 이를 갈 며 놓여나기를 바란 도시의 문명 속엔 분명히 활자도 포함되 어 있을 것 같았다. 그런데 나는 모든 사람이 활자를 외면하 는 계절에도 활자를 위해 원고를 써야 하다니 그 청승이 나를 슬프게 했다.

그러니까 올여름은 많이 행복하고 조금 슬펐다. 그러나 이 런 행복도 눈 깜박할 사이에 끝났다.

아이들이 돌아왔다. 개선장군처럼 의기양양해서, 개선장군 처럼 지칠 대로 지쳐서, 엄청난 빨래 보따리를 전리품처럼 걸

머지고 아이들은 돌아왔다.

　아이들의 배낭은 마술이라도 부리듯이 꾸역꾸역 꺼내어도 꺼내어도 끝이 없는 빨랫거리를 토해놓았다.

　아이들의 빨래에선 찝찔하고 비릿한 바다 냄새가 났다. 옮겨놓는 대로 무수한 모래를 떨구었다. 그러나 내 집이 해변일 수는 없었다.

　아이들은 노독을 풀기 위해 깊은 잠에 빠지고 나는 수돗물에 열심히 바다의 때를 빨아냈다.

　아이들의 빨래를 다 헹구고 나니 나의 여름은 이미 끝나 있었다.

추한 나이테가 싫다

잠 안 오는 밤, 동네 개가 밤새 짖는다. 그까짓 똥개 짖는 거 하면서도 누구네 도둑이 드나 싶어 뒤숭숭하다. 요샌 자고 깨면 이웃의 누구네 도둑이 들었다는 소문이다. 좀도둑이 주인이 깨어나자 강도로 돌변하더라는 소문도 들린다.

나는 식구들에게 혹시 자다가 도둑이 든 것을 눈치채도 그저 자는 체해야 한다고 이른다.

아들애는 제법 남자답게 도둑이 들면 실눈을 뜨고 눈치를 보다가 딴죽을 걸어 도둑을 잡겠다고 벼른다. 나는 절대로 그러지 말라고 질겁을 한다. 그러면 실눈을 뜨고 도둑의 얼굴이라도 똑똑히 봐두었다가 고발이라도 해야 할 게 아니냐고 묻는다. 나는 그럴 것도 없다, 우리집엔 별로 값나가는 것이 없으니 그저 눈 꼭 감고 코를 콜콜 골며 도둑을 맞자고 이른다.

남편더러도 밤늦게 오다가 골목에서 날치기라도 만나면 행여 대항하지 말고 순순히 당하고만 있으라고 이른다.

나는 또 대학에 다니는 애들이 아침에 학교 갈 때마다 데모하지 말라고 이른다. 혹시 데모에 휩쓸리게 되더라도 행여 앞장서지는 말고 중간쯤에서 어물쩍거리다가 뒷구멍으로 살금살금 빠지라고 이른다.

그애들의 경멸의 시선이 다소 따갑지만 웅얼웅얼 그런 소리를 한다. 나는 올 1년 내내 이렇게 가족들에게 비겁과 보신保身을 가르쳤다. 잠 안 오는 밤 문득 이런 내가 싫어진다. 구역질나게 싫어진다.

이런 1년을 보내고, 또 한 살 미운 나이를 먹고, 추한 나이테를 두를 내가 싫다. 잠 안 오는 밤, 나는 또 1년 동안 내가 작가랍시고 쏟아놓은 말들이 싫어진다. 나는 또 작가랍시고 느닷없이 선택을 강요당했던 찬반贊反 앞에서 무력하게 떨던 내가 싫다. 찬반 중 어느 쪽이 내 소신인가보다는 어느 쪽이 보신에 이로울까부터 생각했던 내가 싫다.

실상 나는 내가 작가임에 손톱만큼의 긍지도 못 가진 채 다만 두려워하고 있다. 왜 이렇게 두려워해야만 하는 것일까. 내가 처음 얻어들은 작가의 이름은 공교롭게도 이광수였다.

통틀어 인가가 20호도 채 안 되는 벽촌, 겨우 까막눈이나 면한 정도의 청년인 삼촌들과 삼촌 친구들 사이를 돌고 돌며 남루가 된 채 오히려 보물처럼 아낌을 받던 『무정』과 『흙』을 나는 지금도 기억한다. 그들이 빛나는 눈으로 벅찬 감동을 나누던 겨울밤의 질화롯가를 기억한다. 그러나 같은 작가가 어느 날 갑자기 이 청년들을 얼마나 무서운 좌절, 끔찍한 고독 속에 내팽개쳤던가를 나는 또 기억한다.

"이광수가 가야마 미쓰로(香山光郎)가 됐대!"

"청년들은 다 일본 병정이 돼야 한다고 연설까지 했대!"

세상은 한층 암울해지고 백성들은 성姓을 갈고 청년들은 일본 병정이 됐다. 그 시대엔 누구나 그렇게 살 수밖에 없었다, 그렇지만 이광수의 가야마 미쓰로만은 용서할 수가 없다. 이해할 수는 있어도 용서할 수는 없다. 그가 작가였기에, 침묵만 했어도 독자들에게 감사와 용기를 줄 수 있을 만큼 영향력 있는 작가였기 때문에 그를 용서할 수가 없는 것이다.

내가 그를 용서할 수 없는 한 나는 내가 작가임을 두려워할밖에 없을 것이다. 비록 그처럼 문학사에 남을 작가는 못될망정 작가라면 마땅히 그 시대의 고민을 앞장서 걸머져야 한다는 엄청난 고난의 운명 때문에 작가라는 이름이 두렵다.

이렇게 글쟁이임조차 두렵고 힘에 겨워 잠 안 오는 밤 나는 나다운 비겁한 탈출을 꾀한다. '흥, 언제 적 내가 글 써먹고 살았나' 이렇게 생각하면 한결 속이 편해진다. 하긴 한때 작가였다 만 사람은 보기에 딱하지만 그까짓 거 여인인데 어떠랴 싶다.

한때 작가였다 만 남자는 생각만 해도 정나미가 떨어진다. 설사 운수가 좋아 높은 벼슬자리에 올랐거나, 돈을 왕창 벌어 재벌이 됐다손 치더라도 그 출세에서 썩은 냄새가 풍길 것 같다.

그러나 한때 작가였던 여편네, 한때 작가였던 아무개 엄마, 과히 나쁠 것도 없을 것 같다. 잠 안 오는 밤 내가 한다는 생각은 고작 이런 생각이다. 내가 얼떨결에 작가라는 딱지를 붙이게 됐을 때만도 별 감동도 별 야심도 없었지만 단 하나 여류작가는 안 되리라, 어떡하든 그냥 작가가 돼보리라 다짐했었다.

그런 내가 3, 4년의 알량한 글쟁이 생활 끝에 도달한 결론이 겨우 여자라는 것으로 어떤 탈출구를 삼아보려는 거니 한심할밖에 없다.

그래서 나는 이런 내가 싫다. 이런 내가 쏟아놓은 비비 꼬인 말들과 비겁하게 복면한 말들이 싫다. 그리고 이 긴긴 겨울이 싫다. 개 짖는 소리만이 충만한 이 긴긴 잠 안 오는 음습한 밤은 정말로 싫다.

어리석음의 미학

여대생에게 주는 편지

먼저 멋쟁이이기를―

알맞게 멋을 내면 스스로가 즐거울 뿐 아니라 남까지도 즐겁게 합니다.

여자들이 멋쟁이라는 것은 참 좋은 일입니다. 여자가 멋쟁이이기를 포기했거나 두려워했던 시기는 한결같이 우리 민족의 암흑기였습니다. 일제 말기나 6·25동란중이 가장 가까운 예가 되겠죠.

멋쟁이는 물론 옷이 자기 몸에 맞나에도 신경을 쓰지만 뛰어난 색채감각을 갖고 있어서 옷과 구두의 색깔, 핸드백과 구두의 색깔, 옷과 소지품, 액세서리 상호 간의 조화에 예민하다고 들었습니다. 심지어는 같이 데이트하는 남자의 의상과 자기 의상의 색채 조화에까지 세심한 신경을 쓴다고 들었습니다. 좋은 일입니다.

그러나 나는 여러분이 그런 멋쟁이보다 더 지독한 멋쟁이이기를 바랍니다. 여러분은 여러분의 옷차림과 여러분이 속한 사회와의 조화까지를 염두에 두는 멋쟁이이었으면 합니다. 이건 아주 중요합니다.

그렇다고 여러분이 굳이 우리 사회의 궁핍이나 병폐를 상징해야 된다는 소리는 아닙니다.

여러분은 어디까지나 우리 사회의 밝은 면이어야 하고, 바람직한 미래상이어야 하고 건강과 양식의 본보기여야 합니다.

검소하되 궁상맞지 않고 예쁘되 야하지 않고 세련은 됐으되 사치롭지 않고 어딘지 멋있는 그런 멋쟁이가 되십시오.

다음은 똑똑하되, 지나치게 똑똑하지를 않기를—

완벽하게 똑똑한 여자는 완전한 맹추와 아주 닮아 있기가 일쑤입니다. 서울대학에 다닐 정도의 여학생이라면 일단 자기가 지나치게 똑똑하지는 않나 하는 자기 진단을 해봄직합니다.

웬일인지 남에게 미움을 받는 것 같고 친구가 없고 특히 남들이 경원해, 절대로 보이 프렌드가 안 생기고 이런 분은 자기를 지나친 똑똑이로 인정하고 일부러라도 어수룩한 구멍을 만들기에 노력하십시오.

완벽하게 똑똑한 여자는 남을 피곤하게 하고 때로는 완전한 맹추처럼 남을 절망시키고 스스로를 고독하게 합니다. 어수룩한 구멍, 허慮를 통해 우정도 사랑도 침입합니다. 이 세상에서 제일 매력 없는 여자는 지나치게 똑똑한 여자입니다. 머리가 빈틈없이 차 있다는 자각에서 오는 오만과 독선은 돌대가리의 배타와 아집과 무엇이 그리 크게 다르겠습니까? 둘 다 벽창호라는 벽의 닮은꼴의 양면입니다.

흔히 말하는 인덕이라는 것도 사람의 허한 부분, 즉 이웃을 들어앉히고 포용할 수 있게 비워놓은 자리가 있음을 일컬음이 아닐까요? 꽉 찼다는 것은 더 아무것도 들어갈 수 없음을 의미하고 절망을 의미합니다.

이런 소리는 여러분이 서울대학의 여학생인고로 하는 소리입니다. 역설 같습니다만 어리석음의 미학이야말로 똑똑한 사람이나 터득할 수 있는 것이고 똑똑한 사람에게나 필요한 것이니까요.

티끌 하나 없이 희고 정돈된 얼굴에 일부러 까만 차밍 포인트를 그려넣듯이 말입니다.

셋째로 너무 지독한 살림꾼이 되지 말기를—

이것은 여러분이 서울대학의 가정대학 학생이라는 것을 전제로 하는 소리입니다. 가정대학을 나온 주부라면 우선 떠오르는 선입관이 생활의 합리화니 과학화, 빈틈없는 가정 관리 등입니다. 나도 살림을 하는 주부로서 재래식 살림의 불합리, 비과학, 비능률엔 진저리가 납니다. 마땅히 여러분들에 의해 개선되리라 믿습니다.

그런데 살림 잘하는 주부라면 떠오르는 일이 또 하나 있습니다. 몇 년 전 살림 잘하는 주부로 표창까지 받은 분의 가계부가 공개된 것을 신문인가 잡지인가에서 본 적이 있습니다. 부부가 함께 상당한 교육을 받은 분으로 수입도 괜찮은 편이었는데 수입의 40퍼센트를 저금하였더군요. 그분의 저축의 비결은 먼저 저금할 돈부터 떼어서 저금을 하고는 빠듯하고 세밀하게 예산을 세워서 엄격하게 그것을 집행했던 것입니다.

물론 가족 중 누구의 낭비도 있을 수 없습니다. 3남매나 되는 어린 자녀와 노인까지 계셨는데 1개월의 간식비가 5백 원 미만이었고, 부식은 내역도 비참하리만큼 초라했습니다. 그러고도 수입의 반 가까이를 저금한 것입니다. 나는 그 살림꾼 주부에 형언할 수 없는 혐오감을 느꼈습니다. 저축장려회 같은 데서 들으면 큰일날 소리지만 말입니다.

저축엔 반드시 목적이 있습니다. 보다 풍요한 내일을 위해 또는 집 장만 또는 아이들 교육비 등등 참 좋은 일입니다. 그러나 오늘의 행복도 중요합니다. 엄격한 의미의 내일이란 있을 수 없습니다. 다만 과정의 연속이 있을 뿐입니다. 내일 내일 하고 영원히 우리를 앞지를 내일을 위해 오늘의 행복을 너무 소홀히 할 것은 아니라고 생각합니다.

물론 우리가 하루살이가 아닌 이상, 아이들이 자라나는 이상, 늙음이 있는 이상, 내일을 위해 예산을 세우고 저축을 하는 건 당연합니다. 그렇지만 가끔 실수도 좀 하십시오. 큰 실수는 말고 5개년 계획이 7개년 계획쯤으로 연장될 만큼만 하십시오.

시장에 갔다가 예산에도 없는 꽃을 한 묶음 산다거나, 어느 날 갑자기 예산에도 없는 호화판 식사를 장만해 온 식구가 식도락을 즐긴다거나, 곤경에 빠진 친지를 인정에 끌려 도와준다거나 이런 정도의 실수입니다.

이런 실수도 한 번도 안 하는 주부가 다스리는 가정의 불행은 생각만 해도 진저리가 납니다.

끝으로 검소하되 인색하지 않기를—

자기를 위한 것을 아끼고 줄이고 분수에 맞게 하는 것은 검소하다 하겠으나 남을 위해서 써야 할 것을 너무 아끼고 한

푼에 치를 떨고 하는 것은 인색하다고 하겠죠. 자기에게 박하
되 남에게 후하십시오.

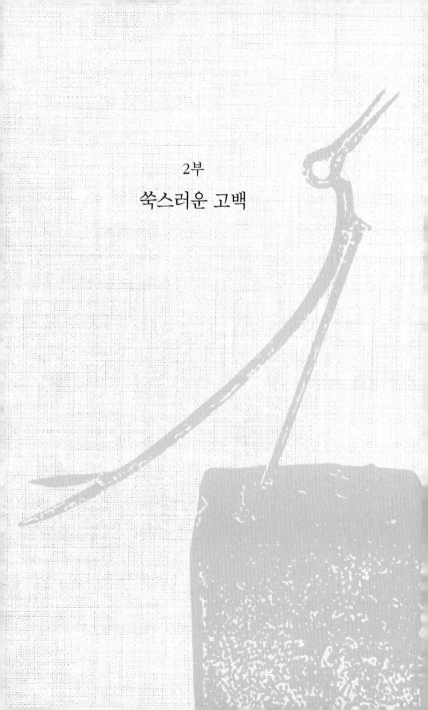

2부

쑥스러운 고백

잘했다 참 잘했다

올핸 늦더위가 참 기승스러웠다. 자고 깨면 더 덥고 자고 깨면 더 덥기가 여러 날 계속되다보니, 내 좁은 소견으론 올핸 영 가을이 안 오려나 싶기까지 했다.

그런 무덥던 어느 날, 나는 더위에 지쳐서 후줄근해진 식구들을 위해서 닭을 두어 마리 사서 고았더랬는데 식구들이 그걸 잘 먹어주지를 않아서, 나라도 많이 먹으려고 했지만, 나도 잘 먹어지지를 않아서 그게 그냥 남게 되고, 그게 그냥 남아 있다는 게 꺼림칙하고 속이 상했다.

시장에 갈 때만 해도 닭을 사야겠다는 생각 같은 건 전혀 없었다. 그냥 찬거리와 자자분한 일용품이나 사려고 갔었는데 어쩌다가 식구들이 평소에 별로 좋아하지도 않는 닭을 사고 말았다.

오후의 무더위에 시장 속의 모든 움직임이 죽지못해 살고 있는 것처럼 굼뜨고 늘쩍지근한데, 유독 닭을 파는 가게만이 손님이 와글대고 뭔가가 민첩하게 이루어지고 있었다. 닭집은 시장이 뒷거리로 꺾이는 모퉁잇집이었고 마침 석양이 가게 속을 사정없이 들이비치고 있었다.

직사광선을 막느라 서쪽 유리문에 포장을 쳐놨는데 그게 주황색이라 다른 한쪽 유리문을 통해 들여다본 닭집 속은 불아궁이 속 같았고, 그 속에서 움직이는 사람들과 닭들의 모습이 흡사 잘 타는 장작불이 핥고 있는 것처럼 괴기하게 보였다.

주인아주머니가 손님이 가리키는 닭을 닭장 속에서 죽지를 잡아내어 저울 위에 올려놓아보곤 몇 마디 간단한 흥정을 끝내고는 뾰죽한 칼로 목을 푹 찔러서 옆에 있는 동그란 통으로 던져넣고 뚜껑을 닫은 후 스위치를 누르면 그 동그란 통은 이상한 소리를 내면서 빙글빙글 돌다가 털이 말끔히 빠진 맹숭맹숭한 닭을 토해냈다. 닭의 모가지가 그렇게 긴 줄을 나는 미처 몰랐었다.

나는 유리창 밖에서 땀을 뻘뻘 흘리면서 그걸 바라보았다. 닭을 사려는 손님들이 차례로 기다리고 있어서 주인아주머니는 자주자주 닭의 모가지에 비수를 꽂아야 했다. 말이 비수지 칼날은 별로 날카로워 뵈지도 않고 서슬이 퍼렇지도 않았다. 닭 피로 녹슨 무딘 쇠붙이일 뿐인데도 힘 안 들이고 정확히 목을 꿰뚫고 숨통을 끊는 솜씨가 눈부시게 산뜻했다.

이런 일을 하는 아주머니께선 이상하리만치 조금도 살기가 느껴지지 않았다. 마치 헌 누더기 속에 녹슨 바늘을 꽂듯이 아주머니는 그 일을 재미없게 권태롭게 반복했다.

지글지글 이글대는 주황색 열기 속에서 행해지는 이런 살기 없는 살육을 구경하기에 나는 지치고 지겨워졌다. 더군다나 이런 살육은 바로 수십 수백 마리를 수용한 닭장 바로 앞에서 행해지고 있었으니 말이다. 아무리 짐승 앞이라지만 너무 무참한 짓이다 싶었다.

그러나 자세히 보니 당사자인 닭들은 태연하기만 했다. 바로 앞에서 제 친구가 차례차례 죽어가고 자기도 언제 죽을지 모르는데, 다만 모이통에 주둥이를 쑤셔박고 모이를 쪼아먹기에만 정신들이 팔려 있었다.

싸가지 없이 활기에 차 있었고 희희낙락하기조차 했다. 수탉, 암탉, 노란 닭, 검은 닭, 흰 닭, 약병아리, 장닭─나는 점점 이런 닭들이 지겨워졌다.

구정물을 마신 기분

처음에는 닭장수 아주머니가 지켜웠었는데 문득 닭이란 놈이 지겨워지고 너무 지겨워 진저리가 쳐졌다.

그리고 나도 닭을 사고 싶어졌다. 저놈들 중에서 제일 모이를 잘 쪼아먹는 놈의 죽지를 잡아내어, 아주머니의 비수가 그놈의 숨통을 끊는 걸 보고 싶었다.

나는 그런 욕망을 도저히 억누를 수가 없었다. 그건 식욕과는 전연 상관없는 기분 나쁜, 찐득찐득한 욕망이었다.

기어코 나는 유리문을 밀고 가게로 들어가 닭을 흥정하고 아주머니가 그 짓을 하는 걸 좀더 가까이서 지켜봤다. 그건 밖에서 구경할 때보다 훨씬 더 싱겁고 재미없는 구경이었다.

마침내 내 닭도 빙빙 도는 기계 속으로 들어갔다가 털이 말끔히 빠진 채 튀어나왔다. 비로소 나는 나와 우리 식구가 그 닭을 먹어치울 일이 남아 있다는 걸 깨닫게 되고 그게 몹시 부담스러워졌다.

나는 집에 와서 그 닭을 고면서 아이들에게 닭집에서 닭들이 어떻게 죽어가던가를 얘기해서 아이들의 비위를 미리 거슬러놓고 말았다. 가뜩이나 닭을 별로 좋아하지 않는 아이들은 닭을 안 먹으려 했고, 나는 비위들이 그렇게 약해빠져서 어떻게 하느냐고 윽박지르면서, 시범 삼아 나라도 닭다리를 먹음직스럽게 뜯으려 했지만 암만해도 그게 잘 되지를 않았다.

그러곤 까다로운 비위 때문에 온 식구가 저녁 입맛을 설친 걸 나중까지도 속상해했다. 나는 비위가 약하다는 걸 식성의 문제로 삼기보다는 마음의 문제로 삼으려 들었고 그래서 우리 아이들은 왜 마음이 좀더 독하지를 못하고 그 모양일까 하는 걸로 화가 났다.

앞으로의 세상을 살려면 마음이 독한 쪽이 암만해도 유리할 것 같고 그래서 그렇지 못하게 아이들을 키운 건 잘못 키운 것이란 생각도 했다. 구정물을 마신 것처럼 찜찜한 기분으로 그런 생각을 했다.

그런 찜찜한 기분으로 나는 월남 피난민 대표의 답사를 읽어야 했다. 그 답사는 부산에 수용돼 있다가 미국 캐나다 등 영주할 땅을 향해 떠나는 자유 월남 피난민들에게 베푼 따뜻한 환송회에서 부산시민이 보내는 우정 어린 송사에 대한 답사였고, 나는 이 글을 쓰기 위해 그걸 자세히 읽어야 했다.

우선 그들이 스스로를 망국亡國의 국민이라 칭하고 있는 게 불쌍하다못해 지겨웠다. '나는 고아입니다'라든가 '나는 과부입니다'라든가 '나는 홀아비입니다'도 불쌍하지만 '나는 망국의 국민입니다'에 이르면 불쌍한 유가 아니었다.

너무 끔찍하고 무참해서 차라리 혐오감이 일었다.

또 이런 말도 나온다.

"문전옥답과 전 재산을 다 버린 채 손에 아무것도 가진 것도 없이 겨우 목숨만 건지고 황망히 정든 조국을 눈물 속에서 떠났습니다. 너무도 황급하여 가족들을 돌볼 겨를도 없었습니다. 사랑하는 아내를 두고 온 남편, 남편과 헤어진 가련한 여인, 자식을 버리고 떠나온 어버이들, 모두 뿔뿔이 흩어졌습니다. 낮에는 시름없이 하늘을 쳐다보고 밤에는 무릎 꿇고 비통한 눈물만 흘립니다.

어떤 사람은 늙으신 부모들이 자식에게 무거운 짐이 되지 않겠다고 한사코 남아 있으시겠다고 하여 비통한 이별을 하기도 했습니다. 아! 우리들이 헤어지고 있는 이 슬픔! 하느님과 부처님은 왜 이다지도 큰 시련을 우리에게 안겨주옵니까? 나라를 잃음으로 해서 모든 것을 함께 잃어버리고 말았습니다."

여기 나오는 조국을 고향으로 바꾼다면 우리가 6·25 때 겪은 상황과 너무도 일치한다. 그래서 당장 뭉클하니 가슴에 와닿는다. 뿌리 뽑힌 자의 그 망망한 외로움과 서러움은 당해본 사람이나 알지 아무나 섣불리 짐작이라도 할 수 있는 게 아니다.

뿌리 뽑힌 삶과 실향

그렇지만 오늘날 저들의 비참과 그때의 우리의 비참을 동질의 것으로 일치시키고 싶진 않다. 그때 우린 잠시잠깐 고향을 등졌을 뿐이고 오늘날 저들은 나라를 잃은 것이다. 얼마나 다른가. 실로 천양지판이다.

우리는 실향을 했었고, 저들은 망국을 했고, 우리는 피난을 했고 저들은 망명을 했으니 말이다. 실향민도 섧긴 하지만 망국민에다 대면 얼마나 당당한가.

낮에는 시름없이 하늘을 쳐다보고 밤에는 무릎 꿇고 비통한 눈물을 흘리는 기분, 우리도 이미 겪었기에 알 만하지만 어찌 안다고 할 수 있으랴. 그런 기분을 전연 언어 풍습이 다른 남의 나라 땅에서 겪는다는 게 얼마나 비참한 일일까. 막연히 짐작은 할 수 있어도 좀처럼 실감은 안 된다.

좀더 읽으면 이런 말도 나온다.

"어느 누구도 나라 잃은 우리를 반겨주지 않았습니다. 이웃나라도 먼 나라도 잘사는 나라도 못사는 나라도 모두 우리를 외면했습니다. 그러나 나라 잃은 국민에겐 권리도 주장도 있을 수 없습니다. 이리저리 밀리는 대로 방황할 수밖에 없는 처참한 운명의 희롱을 감수해야 했습니다. 이 서글픈 우리들을 다른 나라가 다 외면하는데 오직 한국민이 우리를 구해주셨습니다."

그러곤 한국을 민주주의의 나라, 자유의 나라, 신의의 나라, 사랑의 나라, 은혜의 나라, 고마운 나라라는 찬탄의 요설이 이어진다. 이런 찬탄이 없더라도 이 대목에선 약간 으쓱해진다.

아무데서도 받아주지 않는 조난당한 월남 피난민을 실은 쌍용호의 귀추에 온 국민의 시선이 집중되고, 동정과 초조와 분노와 회의가 엇갈렸던 몇 달 전 일이 생생하게 되살아났다. 그리고 그때 쌍용호가 한 일은 참 잘한 일이다 싶다.

그때 쌍용호가 그 일 때문에 막대한 손해를 입는다고 알았을 때, 또 우리보다 훨씬 가까운 나라에서도 우리보다 훨씬 부자 나라에서도 쌍용호의 기항과 피난민의 상륙을 거부한다는 걸 알았을 때, 세상에 이럴 수도 있을까 하는 노여움도 컸지만 한 가닥 회의도 없지 않아 있었는데 지금은 참 잘했다, 아아 잘했다 싶다.

당장의 잇속에 밝게 노는 일보다는 나중까지도 후회 안 할 일이 정말 잘한 일이 될 수 있을 것이다. 그리고 무엇보다도 우리도 남을 도왔다는 기억은 돈 주고는 절대로 살 수 없는 민족적 긍지가 아닌가.

국제사회의 비정한 실리주의

우린 평생 처음 남을 도와주고 구제하는 일을 했지만, 그 도운 대상이 불쌍한 망국민이었기에 훗날 어떤 보상이 되어 돌아올 리는 거의 없는, 이를테면 밑지는 일이었다. 밑지는 일이기 때문에 모두들 하길 꺼렸고, 구태여 밑지는 일을 하는 쪽이 미련하고 바보스러워 보이기조차 했을지 모른다.

그만큼 요즈음 국제사회에선 비정하리만치 우악스러운 실리주의가 판을 쳐 이해타산을 초월한 미련한 짓 같은 건 절대로들 안 한다. 반면 이해타산만 맞으면 간에 붙었다 콩팥에 붙었다를 아무런 부끄러움 없이 저지른다.

그런 짓을 못하는 게 바보인 세상이다. 그런데도 우린 그런 남 다 안 하는 바보짓을 했던 것이다.

우리보다 훨씬 잘사는 나라도 냉랭하게 외면하는 피난민을 싣고, 그래도 행여나 하고 이 나라 저 나라, 이 항구 저 항구의 눈치를 보다가 결국 막대한 손해를 감수하며 부산항에 오고 말았고, 우리 국민은 잘했다 참 잘했다 하며 쌍용호의 노고를 마음으로부터 치하하고 피난민을 성의껏 따뜻이 맞아들였던 것이다.

망망대해에서 조난을 당해서 그대로 놔두면 죽을 수밖에

없는 사람을 우선 구해놓고 보는 것이 옳은 일이고 사람으로 서 자연스러운 일이다. 그러나 사람과 사람 사이에도 나라와 나라 사이에도 행동의 기준을 옳고 자연스러운 데 두기보다 는 무엇이 더 이로운가에 두는 게 당연한 일로 되었고 그런 행동이 보다 세련된 행동으로 보이니 끔찍한 일이다.

그러나 우린 죽을 수밖에 없는 사람을 우선 살려놓고 볼 수밖에 없었다. 사람 노릇을 할 수밖에 없었다. 그때 구조를 받은 난민들은 이제 시원섭섭해하면서 이 나라를 떠나 세계 각국으로 뿔뿔이 흩어졌다. 여기 있을 때보다 더한 고생을 할 수도 있을 테고 훨씬 더 잘살 수도 있을 것이다. 어찌 되었건 차츰 제 살기에 바빠서 한국을 잊게 될 것이다.

우리로선 하느라고 했지만 저들 입장에선 남에게 신세를 진 기억이란 과히 유쾌한 기억은 못 될 테니 하루빨리 잊고 새 생활에 적응해야 될 줄 안다. 그렇지만 우리가 보여준 인 간의 선의에 대한 믿음만은 언제 어디서고 간직하고 살았으 면 싶다. 우린 가난하고 땅덩이도 좁아서 저들에게 그동안 물 질적으로 잘해주지도 못했고 또 영주할 낙토를 제공해주지도 못했지만 우리가 할 일이 다만 목숨을 구해줬다는 뜻 이상의 뜻을 지니기를 바란다.

답사엔 또 이런 말도 있다.

"부디 대한민국을 보호하시어 동족상잔의 피비린내나는 전쟁을 피하게 하여주시옵고 하루속히 평화통일을 이룩하게 하시어 부강하고 번영한 나라가 되게 인도하여주시기를 간절히 기도하겠습니다."

딴 나라 사람들의 말이라면 듣기 좋은 인사치레로밖에 안 들렸을 말이 저들의 말이기에 온통 진실이고 진실이기에 고맙고 절실하다. 과부의 설움은 과부밖에 모른다지 않는가. 딴 사람이 안다면 그건 짐작일 뿐 진실일 순 없다.

때늦은 회한과 교훈

답사의 마지막 부분은 이미 때늦은 회한과 저들의 뼈아픈 회한을 통한 우리에게 남기고 싶은 교훈으로 이어지고 있다.

그들의 오늘날의 패망의 원인을 첫째 공산주의자의 기만에 속은 것, 둘째 젊은이들이 퇴폐풍조와 외래사조에 무조건 빠져들었던 것, 셋째 각 당파와 국민이 일치단결하지 못했던 것 등 세 가지로 분석하고 있는데 틀린 분석은 아니지만 뭔가 좀 미흡하다. 마치 구두 위로 발등을 긁는 것만큼이나 답답하다.

좀더 예리한 진단이 있었으면 싶다. 그럴 통찰력이나 배짱이 없으면, 차라리 이 탓 저 탓 할 것 없이 내 탓이라고 냉혹하게 준엄하게 자기를 꾸짖고 반성해볼 필요라도 있을 줄 안다. 국민은 누구나 조국의 융성을 위해 많건 적건, 의식적이건 기여를 하는 것과 마찬가지로, 조국의 망국을 위해서도 많건 적건, 의식적이건 기여를 했을 것이다. 망국의 씨앗은 자기에게도 반드시 있었을 것이다.

그들 피난민이 상륙하는 모습과 생활하는 모습은 텔레비전이나 화보를 통해 우리에게 어느만큼은 알려졌달 수도 있다. 생각했던 것보다 훨씬 밝고 명랑해서 다행스러웠지만 약간은 실망스럽기도 했다.

내 상식으론 피난민은 좀더 헐벗고 초라한 것이었고, 그런 상식의 출처는 물론 우리가 겪은 피난의 기억이다. 그때 우린 얼마나 굶주렸고 헐벗었던가. 엄동설한에 남부여대男負女戴 가진 것이라곤 올망졸망 어린것들과 몇 줌의 쌀, 누더기 보따리가 전부였다.

그러나 그렇기 때문에 우린 끝내 반쪽의 땅덩어리나마 우리의 국토를 지킬 수 있었던 게 아닐까.

우리가 지켜야 할 가장 소중한 것이자, 가장 마지막 것이자 단 하나의 것이 우리의 조국, 우리의 땅덩이였기 때문이 아니었을까. 그렇게 생각하면 그때의 우리의 빈주먹, 그때의 우리의 남루, 그때의 우리의 굶주림이 가장 떳떳한 우리의 모습으로 오히려 자랑스럽게 기억된다.

물론 그때와 지금과는 세상이 많이 달라져 내남직없이 물질적으로 훨씬 풍요한 삶을 누리고 있다. 피난민이라고 꼭 초라하란 법은 없다.

그렇지만 그들이 소지한 상당량의 금괴는 무엇을 뜻할까.

단순한 장식품으로 또는 패물의 뜻으로만 그런 것을 장만했을까. 언제 닥쳐올지도 모를 패배의 날을 위해, 번 돈을 열심히 금괴와 바꾸었음이 아닐까.

그들이 그들의 신분과 빈부에 따라 지닌 크고 작은 금괴야말로 오랜 전란과 학정에 시달리며 어쩔 수 없이 키운 그들의 패배주의, 도피주의의 상징물이 아닐까.

몇 톤급의 금괴를 지니고 도피한 지도급 인사나 재벌이 있다면, 그만큼 무거운 망국의 책임이 일생 동안 그의 어깨를 무섭게 짓누르리라.

만약 한 돈쭝의 금반지를 새끼손가락에 끼고 있다고 해도 그게 망국의 책임에서 못 놓여나리라.

나라를 지키기 위해선, 더군다나 공산주의자로부터 나라를 지키기 위해선, 죽기 아니면 살기로 지켜야지, 금괴로 상징되는 단 얼마간의 안일과 도피의 여지라도 마련돼 있어선 안 된다고 감히 단언한다면 너무 가혹한 말이 될까.

구구절절 망국의 한이 서린 월남인의 답사를 다 읽고 나니 새삼 전쟁은 싫다 싶다. 그러나 일단 말려들면 어떡하든 이기고 볼 일이다 싶다. 진다는 건 너무 끔찍한 굴욕이다.

오래 잊고 지내던 전쟁의 갖가지 살벌한 장면들이 눈앞에 어른거린다. 사진으로만 본 월남전의 살벌, 우리가 체험한 6·25의 살벌, 전쟁중의 인심의 살벌—게다가 낮에 본 닭집에서의 주황빛 살벌까지가 오버랩된다. 암만해도 오늘은 꿈자리가 좀 뒤숭숭할 것 같다.

끝으로 자유 월남 피난민들의 앞으로 낯선 땅에서 새로 시작될 생활이 복된 생활이 되길 충심으로 빈다. 혹시 역경에 처하는 일이 있더라도 한국민의 우정을 생각하고 용기를 내라고 부탁하고 싶다.

보통으로 살자

입바른 소리

일전에 부잣집 자제들의 윤리적인 타락에 대해 어쩌구저쩌구 말마디나 하는 자리에 낀 적이 있다. 실상 이 말마디나 하는 자리처럼 싫은 자리는 없다.

자연히 입바른 소리를 좀 해야 되고 또 이런 자리를 마련한 측에서 기대하는 것도 바로 이 입바른 소리겠는데 딴 일도 아니고 자식 기르는 일에 대해서 감히 누가 입바른 소리를 할 자격이 있단 말인가.

재벌의 자제가 곱지 않은 일을 저지르면 우리는 모두가 재벌이 아니라는 걸로 마음을 놓고, 너무 극빈한 층에서 일어난 청소년문제에 부딪히면, 내 자식은 그렇게까지 없게 기르진 않았으니까 하고 남의 일 보듯 하는 안일한 자세로 우리는 살아왔다. 그렇다고 보통으로 사는 데 대한 긍지나 보통으로 사는 데 가치를 부여할 만한 양심이 손톱만큼이라도 있어서도 아니다. 실은 부자가 되고 싶어죽겠는데 그게 잘 안 돼서 보통으로 살고 있을 뿐인 것이다.

이런 사람들이 모여서 부자의 자제에 대한 입바른 소리를 하면 얼마나 할 수 있겠으며 이런 입바른 소리로 도대체 무엇을 해결할 수 있단 말인가.

나는 원체가 말주변이 없는데다가 이런 생각까지 나니까 미리 싫증이 목구멍에서 꾸역꾸역 치미는 것 같았다. 그래 그런지 그 자리에서 실수를 많이 했다. 특히 몇몇 유명한 재벌의 자제 이름을 잊어버려가지곤 한 이름으로 통일을 시켜 말해버리곤 했는데, 그 통일시킨 이름이 김대두였다. 번번이 옆에서 아니에요, 그건 S재벌의 박 아무개예요, 아니에요, 그건 H재벌의 심 아무개예요 하고 귀띔을 해줘도 금방 잊어버리고 김대두로 돌아갔다. 무슨 망신살이 뻗쳤는지 혀끝에서 김대두란 이름이 영 떠나지를 않고 맴돌았다.

더욱 딱한 것은 그러면서도 김대두는 누군지, 왜 내가 김대두란 이름을 이렇게 지독하게 기억하고 아무렇게나 함부로 써먹는지 알 수가 없는 것이었다. 그렇다고 그 자리에서 누구에게 김대두는 누굽니까 하고 묻는다면 아마 미친 사람 취급을 받기에 똑 알맞았을 것이다.

나는 이렇게 이름에 대한 기억력이 좀 유난스러우리만치 모자란다. 간혹 기억을 해도 얼굴 따로, 이름 따로, 어떤 사건에 결부된 이름이면 사건 따로 이름 따로 이렇게 따로따로 기억하고 있었으니 결과적으로 기억하나 마나가 되고 만다.

그날 나는 김대두가 도대체 누구였더라 하는 것으로 거의 미칠 듯이 답답한 채로 집으로 돌아와가지곤 우선 아이들한테 김대두란 사람 아느냐는 것부터 물었다. 아이들이 단박 왜 있잖아, 한 달 전쯤이던가 시골 외딴집만 골라 사람을 열일곱 명이나 죽인 사람, 하고 대답했다. 그러나 그 사건은 몰랐을 리 없고, 또 잊고 있었던 것도 아니다. 다만 김대두란 이름과 그 사건을 따로따로 기억하고 있었을 뿐이다.

김대두가 누구였다는 걸 알고 나자 오늘 참 큰 실수했군 하고 실소를 터뜨릴 수밖에 없었다.

지독한 부자도 지독한 가난도 염오厭惡

그러나 나는 김대두가 누구라는 걸 분명히 안 후에도 그 부호의 자제들과 김대두를 헷갈리는 혼란으로부터 쉽사리 벗어나지 못했다. 나에겐 김대두와 그 철없는 친구들이 서로 그렇게 닮아 보였다. 한쪽은 우리나라 최고의 부유층이요, 한쪽은 너무도 지독한 저 밑바닥 가난뱅이이니까 그야말로 최고 최저의 양극단끼린데도 비슷한 끼리끼리처럼 느껴지는 걸 어쩔 수가 없었다.

그들의 돈에 대한 너무도 엄청난 오해, 그리고 도덕심의 부재, 또 그들이야말로 우리 사회가 만들어낸 가장 추악한 사물이라는 것…… 이런 몇 가지 굵직한 공통점 때문에 그들을 그렇게 닮게 느꼈었나보다.

'내 돈 갖고 내 마음대로 쓰는데 누가 뭐랄 거냐'는 말과 '나쁜 짓을 좀 하더라도 한밑천 잡아 한번 끗발 나게 살아보고 싶었다'는 말도 얼마나 닮아 있나. 닮은 정신구조, 아니 동일인의 목소리 같지 않은가.

김대두라는 인품이 만약 재벌의 아들이라는 신분에 놓이게 된다면 그렇게 돈을 끗발 나게 쓸 수밖에 없었을 테고, 요즈음 문제된 재벌의 자제들처럼 도덕적으로 허약한 인품이

만약 김대두의 세계처럼 참담한 극빈의 세계로 떨어진다면 김대두처럼 될 가능성도 충분히 있었을 것 같다.

이런 의미로도 나는 지독한 부자와 지독한 가난에 대해 비슷한 혐오감과 공포감마저 느낀다. 자식들은 그저 부자도 아니고 가난뱅이도 아닌 보통 환경에서 키워야지 싶긴 한데, 그 보통 환경이라는 게 뭔지가 또 상당히 어렵다.

보통 산다는 것에 대한 내 나름의 구체적인 풀이를 해보면 대강 이렇다.

건강한 가장이 착실한 직장에서 불안 없이 열심히 일한 대가로 그저 살 만한데, 그 살 만한 정도가 아이들을 실력 있는 대학까지 보낼 만하고, 따라서 납입금 때문에 아이들이 위축되거나 비참한 느낌을 맛보는 일은 없으되 비싼 과외공부까지 시킬 돈은 없고, 용돈엔 짠 편이지만 책이나 학용품을 산다면 비교적 후하고, 옷은 초라하지 않게 입고 다니지만 알고 보면 형제끼리 물려 입고 바꿔 입은 거거나 값싼 기성복이고, 그렇다고 그런 것에 불만은 거의 없고, 먹는 것에 제일 신경을 쓰지만 아주 잘 먹고 사는 편은 못 되고, 한 달에 한두 번 정도는 가족끼리 큰마음 먹고 외식도 하지만 기껏해야 불고기나 통닭 정도고, 제 집은 지녔으되 좀더 나은 집으로 가고 싶은 게 가족들의 한결같은 소망이지만 그렇다고 친구가 찾아오면 창피할 정도는 아닌, 어쩌면 약간은 자랑스럽기도 한 가족들의 오밀조밀한 보살핌이 고루 미친 집이고, 생활에 불편하지 않을 정도의 생활기구는 겨우겨우 갖췄으되 아직도 갖고 싶은 악기니 전기기구, 가구 등이 많아 아빠는 해마다 내년이면 사준다 후년이면 사준다 공수표를 떼어서 신용이 약간 떨어졌어도 가족들의 아빠에 대한 친애감은 변함이 없고, 엄마는 아이들의 입학금이나 장차 있을 큰일에 대비해 계나 적금을 한두 개쯤 부으면서 식구가 급한 병이라도 났을 때 당황하지 않을 만큼의 은밀한 저금통장이 있는……, 뭐 이 정도로 해두자. 그러니까 기계가 부드럽게 돌기 위해서 알맞은 양의 기름을 쳐야 하는 것처럼 한 가정이 가족끼리의 친애감을 유지하면서, 제각기의 삶도 즐겁게 영위하기에 알맞은 만큼만 돈이 있는 집을 보통 사는 집으로 치면, 기름이 너무 없어 부속품끼리 쇳가루를 떨구며 마멸해가는 상태는 가난이겠고, 기름이 너무 많아 기계를 조이고 있던 나사까지 몽땅 물러나 기계의 부분품들이 따로따로 기름 속을 제멋대로 유영하는 상태가 아마 부자이겠다.

보통으로 사는 게 가장 떳떳해

보통으로 산다는 걸 장황하게 설명했지만 한마디로 말하면 시시하게 사는 건지도 모르겠다. 그렇지만 보통으로 살아본 사람이면 다 알 수 있는 게 이 보통으로 산다는 게 여간만 어려운 게 아니다. 어려워서 그런지 보통으로 사는 사람이 아주 부자나 아주 가난한 사람보다 수적으로도 적은 것 같다. 정상적인 사회라면 마땅히 보통으로 사는 사람이 제일 많아야 할 텐데 그렇지를 못하다.

또 외형적으로 보통 사는 것으로 보이되 의식은 부자지향적인 수가 많다. 그래서 뱁새가 황새 쫓는 식으로 끊임없이 부자의 상태를 흉내냄으로써 자기 생활을 파탄과 불안으로 몰고 간다. 속으론 혹시 가난해지면 어쩌나 불안한 채 겉으로 호기 있게 부자의 흉내를 내면서 산다. 일종의 분열 상태다. 보통 살면서도 보통 사는 데 대한 긍지나 줏대가 없다. 이건 진정한 의미로 보통 사는 게 아니다. 정말로 떳떳하게 보통 사는 사람은 드물고, 따라서 보통 살기가 외롭다. 보통 사는 사람이 많아야 의사소통이 잘되는 건강한 사회일 텐데 말이다.

왜냐하면 사람이란 특별한 사람 아니면 대개 자기가 사는 위치에서 가까운 범위밖에 보지 못하고 타인을 이해하는 범위 역시 그렇다.

그러니까 부자는 자기네 부자사회와 보통 사는 사회까지는 이해할 수 있을지 몰라도 가난을 이해하긴 어렵다. 극빈자 역시 자기네의 가난과 더불어 보통 사는 것까지는 이해할 수 있을지는 몰라도 재벌의 생활에 대해선 이질감 내지는 복수심밖에 동하는 게 없다.

결국 아래위를 함께 이해할 수 있고 사람과 사람과의 관계를 가장 폭 넓게 바라볼 수 있는 시야를 가진 층이 바로 이 보통 사는 사람이라고 볼 수밖에 없다.

또 돈이 귀하다는 것도 알 만큼은 알지만 세상에 사람보다 더 귀한 것은 없다는 믿음과는 바꿀 수 없고, 돈을 자기를 위해서는 아낄 줄도, 남을 위해선 쓸 줄도 알고, 자기 일, 자기 집안일과는 직접적으로 관계는 없더라도 크게는 관계되는 사람들과 사람들과의 관계, 세상 돌아가는 일과 사람들과의 관계의 그른 일, 꼬인 일, 돼먹지 않은 일은 외면할 수 없고 마음이 편할 수 없어, 그런 일로 잠 못 이루는 밤을 가져야 하는 양식의 소유자도 바로 이 보통 사는 사람들이 아닐까.

그런 의미로도 보통 사는 사람이 대부분이고 부자와 가난뱅이가 극소수여야겠고, 보통 사는 게 떳떳이 사는 거라는 줏대와 오기가 있어야겠는데 그렇지가 못하니 안타깝다.

　요새처럼 보통 사는 걸 안 알아주고 보통 사는 게 외로운 시기도 없었던 것 같다. 붕 떠서라도 누구나 보통 이상으로 향상들을 해간다. 그래서 보통 사는 지대地帶는 적막한 무인 지경이 돼가는 느낌이다.

　오기로라도 끝내 보통으로 살면서 며느리도 사위도 보통으로 사는 집에서 맞아들이고 싶은데, 글쎄 그때까지 보통으로 사는 지대의 주민들이 얼마나 남아 있게 되려는지 두고 봐야 알겠다.

그까짓 거 내버려두자

남자는 아이, 여자는 어른, 어른이 참아야지

어린 딸아들을 데리고 외출해본 사람이면 누구나 단박 느낄 수 있는 일이 있다. 여자애들은 행여 엄마를 놓치기라도 할까봐 엄마 손을 꼭 붙들고 잘 따라다니지만 아들애는 안 그렇다.

두리번두리번 전후좌우로 열심히 한눈을 팔다가 조금만 신기한 게 눈에 띄면 아예 엄마 손을 뿌리치고 그쪽으로 달려가버린다. 겁도 없이 차도로 내려서는가 하면, 독사 연구소 쇼윈도에 눌어붙기도 하고, 아이스크림이나 핫도그를 먹으면서 가는 대학생에게 자석에 이끌리듯 침을 흘리며 이끌리기도 한다.

아무리 엄하게 단속을 하느라 손목을 쪽 붙들고, 때로는 너 여기서 엄마 잃어버리면 어떻게 될 줄 아느냐고 공갈까지 쳐도 별로 효과를 못 본다. 그래서 아들애를 데리고 외출했다 돌아오면 딸애하고 외출했을 적보다 훨씬 더 피곤하다.

그렇다고 남자애가 여자애보다 길에서 보고 들은 게 더 많으냐 하면 절대로 그렇지는 않다. 이야기를 시켜보면 곧 알 수 있다. 여자애들은 앞만 보고 똑바로 길을 걸은 것 같아도 의외로 볼 것은 다 보았다는 걸 알 수 있다.

보기만 한 게 아니라 본 것들에 대한 인상이 남자애들보다 훨씬 또렷하고 정리되어 있다. 갖고 싶은 인형이 어떤 가게에 어떤 예쁜 옷을 입고 서 있더라든가, 옆집 영이가 입은 것과 똑같은 오버가 어느 백화점의 몇 층에 있더라든가 하는 세부적인 것까지 기억하고 있고, 그 기억은 놀랄 만큼 정확하다.

거기 반해 남자애들은 뭣에 그렇게 열심히 한눈을 팔았던 가조차도 잘 기억하고 있지를 못하다. 강렬한 호기심으로 받아들였던 게 온통 뒤죽박죽이 돼 스스로 정리를 잘 못한다.

이런 재미있는 차이는 자랄수록 더 심해진다. 같은 학년에 같은 반 아이들이 같은 시간에 파해서 교문을 나섰지만 실제 집에 돌아오는 시간은 그애가 남자애냐 여자애냐에 따라 사

못 다르다. 여자애의 귀가 시간은 학교가 파한 시각에다 학교에서 집까지의 소요 시간을 더한 시각에 대체로 부합되지만 남자애의 경우는 어림도 없다.

도무지 종잡을 수가 없다. 별 시시한 것에다 넋을 잃고 한눈을 파느라 날 어두운 것도 몰라 집에서 기다리는 엄마를 애먹인다. 지름길이나 곧바른 길을 다 마다하고 엉뚱한 길로 빙빙 돌아오기도 하고 학교에서 집까지의 가장 먼 길을 개척하기까지 한다.

그게 다 새로운 한눈팔기거리를 만들어내기 위한 수단임은 말할 것도 없다.

이렇게 자란 남자애와 여자애는 사춘기에 접어들어 이성에게 보이는 호기심에도 현저한 차이점을 보인다.

여학생은 대개 한눈 하나 안 팔려고 새초롬히 똑바로 앞만 보고 걷는다. 버스간 같은 데서는 무릎 위에 단정히 놓인 책가방의 손잡이만을 응시한다. 얌전한 학생일수록 그리고 혼자일수록 절대로 두리번거리지 않고, 마지못해 누굴 봐도 일별—瞥 이상은 주는 법이 없다.

그러나 그 일별이라는 게 무섭다. 섬광 같은 일별로 상대방 남학생의 얼굴의 여드름 수효와 배지와 이름표와 교복의 입음새까지 모조리 봐버릴 수가 있는 것이다. 뿐만 아니라 그 사람 됨됨이, 가정환경, 지금 무슨 생각을 하고 있나까지를 알아버릴 수도 있으니 신기할밖에 없다.

그러나 남학생은 그렇지를 못하다. 여학생을 염치 불고 홀금홀금 쳐다보고 추파도 좀 던지고, 만만해 뵈면 따라다니기도 한다. 경우에 따라서는 며칠씩 골목 어귀나 버스 정류장에 지키고 있다가 얼굴이라도 봐야 직성이 풀린다.

그러고도 그 여학생의 어떤 한 면밖엔 알고 있지 못하다. 다리에 반했다든가, 눈매에 반했다든가, 걸음걸이에 이끌렸다든가 하는 식으로 상대방의 어떤 특징 하나에 집착한다. 그래서 온종일 마주앉았던 여학생의 눈이 쌍꺼풀진 건 알아도 들창코라는 사실은 까맣게 모른다. 알려고도 안 한다.

이것이 남자의 한눈팔기의 허점이요 애교다. 어쩌면 남자의 이런 점이 남자 스스로를 위해서도 여자를 위해서도 큰 다행일지도 모르겠다.

또 남자는 관심이나 호기심이 동하는 대로 거침없이 한눈을 팔지만 여자는 관심이 가는 대상에 대해서일수록 깜찍한 무관심을 위장하는 수가 많다. 그래서 남자는 길에서 어떤 여자에게 끌리게 되면 여자친구를 동반하고 있건 말건 대담하게 추파를 던지고, 지나치고 나서도 아쉬운 듯 돌아보고 휘파람까지 불어대지만 여자는 그렇지 못하다.

여자는 속으로 괜찮다 싶은 남잘수록 쌀쌀하게 대하고, 길에서 마주친 남자 중 매력 있다고 생각한 남잘수록 지나치고 난 후 절대로 뒤돌아보지를 않는다.

여자의 이런 맹랑한 허위를 모르는 남자는 길에서 어떤 여자가 자기를 자꾸 쳐다보고 지나치고 나서까지 흘금흘금 뒤돌아봤다고 그 여자가 자기에게 반한 게 아닌가 하고 좋아할지도 모르겠다.

좋아하기 전에 얼굴에 뭐가 묻지나 않았나, 바지의 앞 지퍼가 고장나 있지나 않나 살펴볼 일이다. 여자가 거침없이 관심을 나타내는 경우란 반했을 경우보다는 상대방의 책잡을 걸 발견했을 경우가 더 많으니 말이다.

이런 여자와 남자가 결혼이라는 걸 해서 백년해로라는 것까지 하려니 문제가 아주 없을 수는 없겠다. 더군다나 결혼 전에는 아내의 쌍꺼풀만 봐주던 남편이 결혼 후엔 아내의 들창코만 보려드는 데야 화가 안 날 수가 없다.

그뿐 아니라 어쩌다 벼르고 별러 같이 외출이라도 할라치면, 눈에 띄는 세상의 여자란 여자는 다 자기 아내보다 잘나 보인다는 듯이 한눈팔기에만 정신이 없으면 아내는 화가 나다못해 울고 싶도록 비참해지지 않을 수가 없겠다.

그렇지만 어쩌겠는가. 꾸욱 참아줘야지. 어른하고 아이하고 함께 사는 집에서 늘 참는 쪽이 어른이듯이, 남자와 여자가 함께 사는 집에서도 참는 쪽이 여자일 수밖에 더 있겠는가. 참는다는 건 어려운 일이고, 어려운 일은 보다 지혜로운 자의 몫일 수밖에 없지 않겠는가.

그리고 한눈파는 버릇이 남자만의 것이 아닌 이상 과히 억울해할 것도 없을 것 같다. 남자들처럼 미련하게 눈을 두리번대고 고개를 돌리지만 않는다 뿐이지 여자도 충분히 한눈은 팔고 산다. 어린 계집애 적 엄마 손 잡고 시내 나들이를 나가서 오빠는 한눈을 팔다가 미아 소동까지 일으킨 데 반해, 꼬마 숙녀처럼 다소곳이 앞만 보고 다녔는데도 오빠보다 훨씬 더 많은 것을 보고 들었듯이 말이다.

다만 남자의 한눈팔기는 대담하고 외향적이기 때문에 동반한 여자가 눈치를 안 챌 수 없고, 눈치를 채고 나면 뾰죽한 자존심이 심히 거슬린다. 그래도 그만 일로 심각하게 진지하게 고민까지 할 것은 없을 줄 안다. 좀 볼썽사나운 배안의 버릇 정도로 이해하면 될 것이다.

우리는 길에서 흔히 엉터리 약장수의 허황한 너스레를 경청하려고 첩첩이 모여 있는 사람들을 보게 된다. 참, 온종일 별 볼일 없이 한가한 사람들도 다 있다 싶다. 그런데 이 말뚱이나 소털, 개뼈다귀 같은 걸 갖고 만병통치의 영약인 양 입에 거품을 품고 있는 약장수 둘레에 입을 헤벌리고 서 있는 우중愚衆을 좀더 자세히 보라.

그중에 어디 여자가 있나. 다 제법 번듯한 남자들이다. 일 없는 남자들이 거기 그렇게 대낮에 가장 꼴불견의 모습으로 한눈을 팔고 서 있는 것이다. 남자란 언제 어디서고 그 환경에 맞춰 또 제 분수에 맞게 한눈을 팔게 마련인 것이다.

그렇지만 아무리 참아주려 해도 동부인해서 나가서까지 남편이 딴 여자들한테 한눈파는 것만은 참을 수 없다면 아주 방법이 없지는 않을 것이다.

눈에는 눈으로, 한눈팔기에는 한눈팔기로—우선 아내가 앞질러서 먼저 요두전목 한눈을 팔아보는 것이다. "어머머, 저 남자 장발 어쩌면 저렇게 멋질까. 뭐라구요? 당신도 머리만 기르면 저 남자만 못할 줄 아느냐고요? 아유 참 주책이야. 당신이 지금 몇 살인 줄 알고 머리를 저렇게 길러요" "어머머, 저 여잔 예쁘지도 않은데 밍크를 두르고 아유 꼴불견이야. 옆에 팔장 낀 머저리 같은 남자가 아마 남편인가본데 아내 밍크를 다 해준 걸 보면 아주 머저리는 아닌가보지" 어찌구 하며 남편의 약점만 찌르는 수다를 떠는 것도 좋을 것이다.

그래도 남편이 한눈을 팔면 적당한 기회에 슬쩍 남편 곁에서 사라져서 어디서 차를 사서 마시든지 남편을 미행하든지 해서 남편을 실컷 애먹이고 아주 따로따로 집으로 돌아오는 것도 좋을 것이다. 어디를 갔었느냐고 물으면 "미안해요, 제가 고만 너무 한눈을 팔다가……" 하고 말끝을 흐려버리면 약간의 의혹도 살 수 있고, 약간의 의혹은 부부 간의 적당한 자극이 될 것이다.

다음부터 동반해서 외출하는 경우 무엇보다도 내 아내 단속을 잘해야 했다 싶어 미처 딴 데 한눈팔 새 없이 자기 아내쪽에만 신경을 써주지 않는다면, 글쎄…… 애정이 별로 없는 부부가 아닐는지.

결국 한눈팔기는 한눈팔기로 견제하란 소리밖에 안 된 셈인데 내가 하고도 썩 마음에 드는 소리는 아니다. 남편이 간통을 해서 분하면 너도 간통을 하면 될 게 아니냐, 최소한도 억울한 것만은 면할 수 있지 않느냐는 투의 무책임하고 천박한 처방이라 싶다.

그러나 내친김에 아주 한마디 더, 아내들이 스스로의 한눈팔기의 영역을 한번 크게 확대시켜보라고 권하고 싶다. 너무 남편과 아내와의 관계, 자식과 어머니와의 관계에만 스스로를 구속하지 말고, 너무 근시안적으로 남편과 자식만을 응시하지 말고, 폭넓은 인간관계로 시야를 넓히고, 거기 한눈을 팔란 말이다. 자기가 배운 것을 통해 자기가 속한 사회와 관계를 맺고 참여할 틈사리를 찾으란 말이다. 그렇게 하는 것이 결코 가정이라든가 남편과 아내와의 관계, 자식과 엄마와의 관계를 파괴하는 일이 되지는 않을 것이다.

여러 사람이 얽히고설킨 사람과 사람과의 관계가 커다란 그물이라면, 그물의 가장 작은 한 코는 부부를 중심한 가족 단위가 될 테고, 작은 한 코 한 코가 온전치 않은 온전한 큰 그물이 어디 있겠는가. 건전한 사회 참여는 건전한 가정에서 부터 비롯될 것이다.

이런 폭넓은 인간관계에의 개안開眼이나 사회 참여에의 의욕은 필연적으로, 자기반성과 사장된 자기 능력의 개발을 가져오게 될 것이다. 이런 여성이 허구한 날 남편의 하잘것없는 배안의 버릇인 한눈팔기에만 신경을 곤두세우고 사는 여성보다 매력이 있을 건 뻔한 이치다. 하찮은 것에 신경을 쓰는 것은 서로 못할 노릇이요, 피차 참을 수 없는 구속이다. 애정이란 미명 아래 가정을 답답한 감옥으로 만들 필요가 어디 있겠는가.

남편에게 적당히 무관심할 줄도, 적당히 관대할 줄도 알고, 풍부하게 화제를 리드할 줄도 알고, 새로운 지식으로 남편을 자극할 줄도 알고, 때로는 사회 참여를 통해 아내나 엄마 외의 딴 모습으로 변신하여 남편을 깜짝 놀래줄 줄도 아는 아내를 가진 남자라면 차츰 한눈팔기에 흥미를 잃을 것이다.

한눈팔기란 외면적인 것, 말초적인 것에의 호기심에서 시작되는데 이런 말초적인 호기심이란 내면적인 매력에 눈뜨고 나면 곧 시시해지고 말게 마련이기 때문이다.

보수적인 대영제국에서도 사상 초유의 여수상이 나왔다. 우리나라 여성들은 언제까지나 우리 부모가 투자한 막대한 교육비를 영원히 사장한 채 배우지 못한 우리의 할머니나 할머니의 할머니가 했던 그대로 남편의 한눈팔기에 바가지나 긁고 허송세월을 할 것인가.

남편의 한눈팔기는 한눈팔기에 앙앙대는 아내가 있음으로 있는 것이다. 어리석은 아내는 남편을 그렇게밖에 길들이지 못한 것이다. 그까짓 거 내버려두라. 여자 다리에 한눈을 팔든, 개뼈다귀 만병통치약에 한눈을 팔든 내버려두고 여자도 자기의 일을 갖고 좀더 바빠져야겠다. 자기의 시간을 좀더 값진 일로 채울 줄 알아야겠다.

답답하다는 아이들

'깡' '뗑' '땅'

오늘 아침식사를 하면서 나는 대학생인 큰딸에게 요즘에 대학가에서 많이 쓰이는 유행어 몇 개만 대어보라고 했다. 이 글을 쓰는 데 참고로 삼고자 해서였다. 딸은 별로 오래 생각하지도 않고 '가슴 땁땁하다'와 '빠갠다'는 말을 가르쳐준다.

"땁땁하다니? 가슴이 뭣에 찔린단 소리냐?"

"엄마도…… 가슴이 답답해서 죽겠다는 소리야."

답답하다는 말을 강조하기 위해 그렇게 경음화시킨 모양이다.

말이 점점 모질어진다. 하다못해 과자 부스러기까지 '깡'이니 '뗑'이니 '땅'이니 붙어서, 이를 악물고 안간힘을 써가며 소리를 내야 한다.

그건 그렇다고 치더라도 저희들이 뭐가 그렇게 답답하다 못해 땁땁할 일이 있을까.

생각할수록 답답해지는 건 오히려 내 쪽이다. 한창 좋을 때를 그 끔찍한 전쟁을 겪으랴, 완고한 집안 어른들의 눈치를 살피랴 기 한번 제대로 못 펴보고, 눌리고 쫓기면서 자란 우리로선 부럽다못해 질투가 날 지경으로 자유분방하고 활달하게 자란 요새 젊은 애들인데 저희들은 저희들대로 답답하다 못해 땁땁다니……

딸의 등교 준비는 눈 깜박할 새에 끝난다. 고등학교 때만 해도 교칙이 까다로워 거울 앞에서 꽤 오래 교복 매무새를 매만지고 머리가 귀밑 1센티미터를 넘을까봐 몹시 신경을 쓰더니만 대학생이 되더니 아침에 거울 앞에서 앞뒤를 살피는 것조차 생략할 적이 많다.

블루진이나 몽탁저지바지에 티셔츠를 들쓰고 구럭 같은 가방에 책을 잔뜩 처넣고 남는 책은 안으면 고만이다. 머리나 빗었느냐고 물으면 글쎄 빗었던가 하면서 한 번도 파마기가 가본 적이 없는 머리를 손가락으로 두어 번 빗질을 하면 고만이다.

딸은 아들보다 돈이 몇 배 더 들죠 하고 딸 많은 우리집을 동정 겸 염려해주는 분이 내 주위엔 더러 있다. 이 경우는 돈이 많이 든다는 것은 등록금이나 책값보다는 옷이나 화장품 같은 것에 드는 여자들만의 지출을 이름일 게다.

그런데 꼭 그렇지만도 않은 것이, 요즈음 여대생들의 복장이란 게 꼭 머슴아들 모양 바지에 티셔츠 아니면 와이셔츠가 보통이고, 이런 종류의 값싼 기성품이 범람할 뿐 아니라 요즈음 애들이란 보기보다는 어찌나 구두쇤지 물건값 깎는 데도 어른 빰치게 악착같을뿐더러, 어디 물건이 값싸고 멋있다든가 어디를 가면 바가지를 쓴다든가 하는 데 대한 저희들끼리의 정보 교환까지 정확 신속해서 일반이 막연히 추측하고 있듯이 그렇게 많은 돈을 의상에 들이고 있는 것은 아니다. 그러나 부모의 입장에서는 그것도 걱정이다. 뭐니 뭐니 해도 딸은 곱게 키우고 싶으니까.

그런가 하면 아들이 느닷없이 야한 빛깔에 앞뒤로 라인이 들고 몸에 착 달라붙는 맞춤 와이셔츠를 해입고 머리까지 안 깎으려들어 부모를 아연실색게 하기도 한다. 이런 것을 소위 유니섹스라고 하는 것인가 하고 들은 풍월로 스스로를 달래보려고도 하지만 해괴한 것은 어쩔 수 없다.

실상 요즈음 젊은 애들을 아들딸로 가진 우리네 부모들처

럼 난처한 입장에 처했던 부모는 어느 시대에도 없었던 것 같
다. 우리들의 부모만 해도 우리들 키울 적에 비록 낡은 인습
일망정 확고부동하고 당당한 도덕적 규범을 갖고 있었고 그걸
로 우릴 호령하고 다스리려들었다. 그래서 그분네들은 당당했
고 일종의 침범할 수 없는 권위를 후광처럼 힘입고 있었다.

그런데 지금의 우리는 뭔가? 묵은 도덕 낡은 가치관은 무
너지고 새로운 것은 채 확립되기도 전인 애매한 틈바구니에
부모 노릇을 하게 된 것이다. 회초리를 빼앗긴 맨손으로 야생
마를 길들여야 하는 것이다.

고된 이해심

게다가 예전보다 놀랍게 활발 신속해진 서로서로의 정보
교환, 또는 쏟아져나오는 매스컴을 통해 아이들이란 요렇게
조렇게 키워야 한다느니, 이렇게 저렇게 아이들을 다루다간
큰일난다느니, 문제아가 되는 복잡다단한 요인들, 아동심리
학입네 교육심리학입네 하는 것까지 주워듣게 되어 터무니없
이 박식해지고 말았다.

그 결과 우리 부모네들이 도달한 결론이란 아이들 기르기

는 어렵다는 것, 요새 젊은이들이란 까딱 잘못 건드렸다간 어디까지 빗나갈지 모르는 위험한 폭발물 같은 것이라는 것일 밖에 없다. 이를테면 잔뜩 겁을 먹은 것이다. 게다가 몇 해 전까지만 해도 광적으로 치열하던 중고등학교 입시에 따른 부모들의 가장 부모들다운 허영까지 겹쳐 아이들을 상전 떠받들듯 위험한 폭발물 취급하듯 그저 조심조심 위해 받들어만 기르게 돼버렸다.

이렇게 자라온 게 요즈음 젊은 세대요, 이렇게 아이들을 키워온 게 우리 부모네들이다.

이런 우리 부모네들이 공통적으로 자식들에게 바라는 시시한 소망이 하나 있다. 그것은 자식들이 부모를 평할 기회가 있을 때 '우리 엄마 아빠는 참 이해심이 많으시죠. 부모님이라기보다는 꼭 다정한 친구 같으세요' 어쩌구 해주길 바라는 것이다. 왜 이런 시시껄렁한 걸 자식에게 바라는지 모르겠다. 그래서 젊은이들의 웬만한 기행奇行이나 탈선쯤은 이해심 많은 부모의 이름으로, 친구 같은 부모의 이름으로 용서도 하고 옹호하기까지도 하는 주책을 부린다.

나 역시 이런 주책 엄마의 한 사람인 건 물론이다. 왜 부모면 부모다운 부모가 되려들지 않고 군이 친구 같은 부모가 되겠다는 것일까? 사람에겐 친구는 친구로서 부모는 부모로서 따로 존재가치가 있을 터인데도 말이다.

그것은 아마 유난히도 급격한 세대차를 겪고, 또 그 세대차라는 게 구세대에게만 일방적으로 비극적으로 작용하는 것을 봐온 우리 세대가 젊은 세대에 의해 다시 구세대로 밀려나는 신세가 되는 것을 인정하고 싶지 않은 억지 같은 것의 작용인지도 모르겠다. 그래서 우린 가끔 젊은 세대에게 점잖지 못한 아첨까지 해가며 그들의 비위를 맞추고 대신 '이해심 많은 부모' 소리를 들으려든다.

지금 대학생인 큰딸이 대학 입시 준비를 할 때다. 입시 준비라는 게 영 기발했다. 학교 갔다 와서 저녁 먹고 실컷 한참 자고 한밤중에 깨어나서 공부를 하는 것까지는 그래도 참겠는데 꼭 심야 방송으로 팝송을 들으면서 하는 게 아닌가. 가끔 따라 부르기도 하고 디스크자키의 익살에 킬킬대기도 하고 발로 장단을 맞추느라 달달 들까불기도 하면서 공부라고 하는 게 도대체 볼썽도 사납고 그렇게 해서 공부가 될 성싶지도 않았다.

그래도 나는 오밤중에도 방송을 해대는 방송국을 탓하면 탓했지 내 아이를 따끔하게 꾸짖지도 못했다. 꾸짖기는커녕 심야 방송에선 어떤 소리를 지껄여대길래 저렇게 젊은 애들을 매료하나 우선 알아야 할 게 아닌가 하는 예의 '이해심'이란 게 발동하지 않는가.

그래서 공부하면서 먹으라고 간식을 해다주면서 슬쩍슬쩍 듣기 시작한 심야 방송이란 게 꽤 들을 만한 것 같아서 일부러 듣는 일이 잦아졌고, 들을수록 깨가 쏟아지도록 재미가 있어서 나중에는 내 딸보다 한술 더 떠서 윤형주라는 당시의 디스크자키에게 팬레터를 보낼까보다고 설치기까지 했다.

물론 팬레터까진 못 쓰고 말았지만 그런 나를 내 딸은 "엄마도 참……" 하고 쓸쓸하게 웃었다. 나는 안다. 엄마도 참…… 하고 딸이 삼킨 다음 말을. 그것은 '주책이야'였을 거다. 그때 내가 내 딸이 즐겨 듣는 심야 방송을 어느만큼은 재미있어 한 것은 사실이지만, 그 재미있다는 감정을 그토록 과장했음은 딸이 재미있어 한 것, 즉 젊은 세대가 즐기는 것을 나도 같이 즐길 수 있다는 것, 젊은 세대를 이해한다는 것의 과시였음직하다.

후줄근 시큰둥

그러나 내가 젊은 세대와 더불어 채신머리없이 발끝을 까딱거리며 팝송을 즐겼다는 것만으로도 그들을 이해한 것이 될지는 지금까지도 의심스럽다. 그때 그런 한심스러운 꼴로 공부를 하던 딸은 그 공부로 그래도 제일 힘들다는 서울대학에 무난히 합격을 했으니 제대로의 실속은 차리고 있었던 모양이다.

참 알다가도 모를 게 요새 젊은 애들인데도 한사코 '이해심 많은 부모'가 돼보려고 아는 척을 하려니 주책꾸러기가 된다.

딸이 대학에 가서 첫 미팅인가 뭔가를 할 때만 해도 그렇다. 며칠 전부터 들떠 있는 건 당사자인 딸보다도 오히려 엄마인 내 쪽이었다. 옷은 뭣을 입힐까, 좀 과용을 하더라도 명동에서 한 벌 맞추랄까, 머리 모양은 어떻게 해줄까, 내가 좀 더 멋쟁이였더라면 이럴 때 얼마나 좋을까, 도대체 어떤 머슴아가 내 딸의 첫 미팅 상대가 되려나, 이왕이면 멋쟁이였으면, 아니지 너무 멋쟁이면 한눈에 반해 그게 그대로 연장되어 훗날 결혼까지 하게 되면 그렇게 싱거울 데가 어디 있담, 적어도 멋진 연애를 몇 번 하고 결혼을 하게 됐으면 좋으련만…… 그야말로 주책의 극치다.

아무튼 불과 20여 년 전이건만 우리 자랄 때의 우리네 부모들이 하던 부모 노릇과 지금 우리의 부모 노릇과는 격세지감이 있다.

미팅이란 것도 신기하지만 미팅 상대를 찾아주기로 되어 있는 미팅 카드라는 게 또 이만저만 아기자기한 게 아니다. 그저 평범하고 찾기 쉽게 같은 숫자끼리 짝지은 것도 있지만 대개는 '춘향이' 하면 '이도령', '이수일'에 '심순애' 식으로 짝이 지어져 있는가 하면 '까뮈' '이방인', '르 클레지오' '홍수' 식으로 약간 유식의 냄새를 풍기는 짝짓기도 있다.

참 좋은 세상에 난 애들이라고 부럽다못해 은근히 질투까지 날 지경이다. 그런데 정작 당사자는 시종 시큰둥하다. 입고 갈 옷 같은 것에 대해서도 별반 신경을 안 쓴다. 아마 계면쩍어서 그러려니 하고 나는 나대로 이것저것 간섭을 하고 머리를 풀어줬다 묶어줬다 요리조리 모양을 내준다. 그래도 시원치 않아 나도 좀처럼 안 달던 색깔이 고운 자마노 브로치까지 달아주려든다.

딸은 질겁을 하고 또 "엄마도 참……"이다. 엄마도 참 뒤에 삼킨 말이 '주책이야'일 것은 말할 것도 없다.

평상복대로 별로 들뜨거나 부푼 기색 없이 미팅이란 걸 나간 딸은 돌아올 때도 역시 시들한 얼굴을 하고 돌아온다. 남자가 시시하더란다. 요다음엔 좀더 나은 남자가 걸릴 테지 오늘은 운수가 나빴나보다고 나는 딸을 위로한다. 그러나 딸은 별로 위로받을 만큼 실망한 눈치도 아니면서 그렇다고 요다음 미팅에 기대를 거는 눈치도 아니고 그저 담담할 뿐이다.

미팅이 거듭될수록 미팅이란 심심풀이도 못 되는 그저 그런 거고 남자들이란 하나같이 시시한 걸로 치부하려든다.

어디 미팅뿐인가, 대학이란 걸—교수의 구태의연한 강의에서부터 교우관계, 건물, 시설에 이르기까지가 온통 시시하다는 걸 대학의 첫 1년 동안에 재빨리 도통한다. 그래서 대학 2학년만 되면 후줄근해지고 매사에 냉소적이고 욕구불만을 질겅질겅 껌처럼 씹고 다니게 된다.

이렇게 되면 초조해지는 건 그들보다 우리 부모네들이다. 우린 항용 자기가 못 해본 걸 자식을 통해 해보려든다. 우리가 못 해본 멋진 연애, 대학생활의 낭만을 자식들이 갖길 바라고 아울러 옛날의 우리 부모네들과는 달리 그것을 이해하고 도와줌으로써, 소위 '이해심 많은 부모' '신식 부모' 노릇을 해보려고 잔뜩 벼르고 기다렸던 것이다.

그러나 자식들이란 예나 지금이나 청개구리여서 하던 장난도 멍석 펴놓으면 안 한다고 좀처럼 연애도 하려들지 않는다.

"너 혹시 보이 프렌드가 생기거든 집에 데리고 오렴, 공연히 감추려들지 말고—"하기까지 한다. 그러나 막상 딸에게 그럴 만한 보이 프렌드가 생겨서 데리고 와서 나에게 소개를

한다면 어쩌겠다는 건지 그건 나도 잘 모른다. 그냥 그래보는
거다.

남들도 그러는 것 같으니까, TV 같은 데서 한다 하는 명사
어른들도 그러는 것이 바람직하다고 했으니까—그저 그 정
도다. 무책임한 이야기다. 우리는 섣불리 '이해심 많은' '친구
같은' 부모가 되기 위해 정작 부모로서의 책임, 권위까지를
포기해버린 거나 아닌지 모르겠다.

바보가 되지 말라

그런 점에서 요새 젊은 세대들은 부모가 없는, 지켜야 할
혹은 항거해야 할 기존 질서를 못 가진 고아 신세와도 흡사
하다 하겠다. 그리고 보면 그들에겐 뭔가 고아스러운 데가 있
다. 버르장머리 없는 것에서부터 냉소적이고 비정서적이고
비협조적인 것까지가.

개방된 남녀 교제의 풍속 속에서 갖가지 미팅, 그룹 미팅,
티 미팅, 카아 미팅, 좀 야한 것으론 고고 미팅이란 것까지 성
행하면서도 요새 젊은이들은 좀처럼 사랑이란 것은 안 한다.
남녀칠세부동석의 가혹한 이조사회에서도 문틈으로 엿본 종

놈에게 반해 상사병을 앓는 양반집 규수 이야기가 심심찮을 만큼 전해 내려오는데 남녀 교제를 완전히 개방시켜놓으니 도리어 사랑을 못하는 것이다.

못하는 것인지 안 하는 것인지는 분명치 않지만 요새 젊은 이들이 공통적으로 연애의 불감증을 앓고 있는 것만은 사실이다.

우리 기성세대들이 툭하면 개탄하고 우려하는 젊은 세대들의 성개방적인 퇴폐적이고 향락적인 문란한 남녀관계도 실상은 연애 불감증에서 오는 초조하고 절망적인 몸짓인지도 모를 일이다. 이런 교제란 곧 싫증이 나게 마련이고 싫증이 나면 지체 없이 빠개버린다. 헤어진다는 말보다 빠갠다는 말은 얼마나 드라이한가. 헤어진다는 말엔 생각이 나겠지 하는 여운이 있으나 빠갠다는 말엔 그게 없다. 우지끈하는 파괴의 쾌감만이 느껴질 뿐이다.

어찌 보면 참 편하게 돼먹은 세대다. 입고 있는 옷에서부터 사고방식까지. 그런데도 그들을 답답하게 짓누르는 것의 정체는 무엇일까. 한나절도 못 가서 끝장이 나고 마는 협소한 우리 국토일까? 기성세대 주책일까? 사회적 정치적인 부조리일까? 10년이 여일한 교수의 낡은 노트일까? 미래에의 불안일까? 이 몇 가지 어림짐작이 다 맞을 수도 그중 하나도 안

맞을 수도 있겠다.

'가슴 땁땁하다'는 말을 언제 주로 쓰느냐고 물으니 무시로 밑도 끝도 없이 쓴단다. 청바지에 티셔츠가 터질 듯이 미끈하고 건강한 놈들이 가당찮게 무슨 죽을병이라도 들었다고 '땁땁해, 아유 가슴 땁땁해' 하고 캠퍼스를 누빌 생각을 하면 정말 답답하다.

그러나 나는 믿는다. 그들이 그들의 예지로 그들을 억누르고 있는 허깨비의 정체를 규명하고 그것으로부터 자유로워질 수 있으리라는 것을, 그들은 능히 그럴 수 있을 것이다.

그들에겐 우리가 못하는 것을 능히 할 수 있는 저력이 있다. 팝송을 들으며 온몸을 들까불면서도 어려운 시험공부를 거뜬히 해낼 만큼 한 가닥 맑은 정신만은 또렷이 간직하고 있었던 것이다. 그들의 옷차림은 꺼벙하고 때로는 야해서 한마디로 격식을 도외시한 것이고 하는 짓은 경망하고 당돌해서 한마디로 버르장머리가 없다. 그것이 그들의 겉모양이다.

그러나 그들의 그런 모습은 우리 기성세대의 고질병―필사적인 외화치레, 냉수 먹고 이 쑤시는 허식, 뒷구멍으로 호박씨 까는 같잖은 점잖음에 대한 일종의 도전인지도 모르지 않나.

그래, 도전을 하려거든 철저히 해라. 속 빈 강정인 기성세대에게 너희들의 알찬 내실로 맞서거라.

팝송을 들으면서도 좋으니 지독하게 공부하고 밤새워 명작을 읽고 진지하게 고민하거라.

그리고 답답한 일이 있거든 답답해하거라. 답답한 것과 맞서거라, 답답한 것을 답답한 줄 모르는 바보야말로 구제할 길 없는 바보가 아니겠는가.

비정 非情

쫓기던 흉악범들은 드디어 자살로서 끝을 맺었다. 자기만 죽은 게 아니라 어린 자식들과 부인까지 쏘아 죽이고 죽었기에 그들이 저지른 범죄 잔혹성과 함께 최후의 비정함에 다시 한번 몸서리를 치게 된다. 끔찍한 일이었다. 생생한 현지 보도가 생명이라는 TV 뉴스는 친절하게도 이 무참한 주검들을 구경거리로 만들어 생생하게 보여주었다. 이미 뼈만 남은 이정수씨의 주검까지도. 도대체 텔레비전이 구경거리로 만들 수 없는 게 뭐가 있을까.

사람이라면 아무리 심장이 든든한 사람도 외면 안 하곤 못 배길 참혹상에도 카메라의 눈은 결코 눈 한번 깜박거리는 법이 없다. 여기에도 현대의 비정은 있다. 생생한 보도 끝엔 공

식적으로 저명인사들의 진단을 듣는 순서로 이어진다. 신문
이나 라디오도 이 공식에서 크게 어긋나지 않는다. 보도와 함
께 각계 인사들의 지당하신 말씀을 싣는다. 나 같은 사람까지
도 전화로 몇 마디 한 게 활자가 되어 실린 걸 쓸쓸한 마음으
로 읽어보았다.

다시 우유부단한 성격 탓으로 이런 글까지 쓰게 되니 소위
몇 마디 한다는 일에 대해 울컥 치미는 싫증 같은 건 주체할
수 없다. 도대체 그 몇 마디의 지당한 말씀으로 우린 무엇을
해결할 수 있단 말인가?

무슨 사건이 있을 때마다 지당하신 말씀은 범람한다. 그러
나 지당하신 말씀은 무력하다. 누구나의 공통적인 개탄은 '인
명 경시 풍조'다. 그러나 이 인명 경시 풍조가 어디 어제오늘
비롯된 건가. 먼저 범인의 연령을 살펴본다. 앳된 소년 시절
을 6·25의 전란 속에서 보냈을 나이다. 우선 별의별 끔찍한
모습의 죽음을 눈썹 하나 까딱 안 하고 보는 일에 익숙해졌을
테고, 피난길에 아비규환도 보았을 테고, 혹한의 들판에 갓난
애를 버리고 가는 비정의 모성도 보았을지 모른다. 거친 상소
리를 쾌감을 가지고 익혔을 테고 장난은 총싸움·칼싸움 아니
면 동물이나 곤충을 죽이고 학대하는 일이었을 테고 물론 굶
주림도 겪었을 테고 굶주림을 겪었다면 피둥피둥 잘 먹고 잘

사는 자에 대한 반항도 싹텄음직하다. 학교는 다니는 둥 마는 둥 청년기로 접어들고 입대, 그 시절의 군대생활이 어떠했으리라는 것 또한 짐작할 만하다.

그러고 나서 뛰어든 사회생활에서 범인이 설마 처음부터 범행으로 생계를 유지하려들지는 않았을 것이다. 열심히 일하려 해도 일자리가 없었든지, 변변히 배운 것도 없겠다 아무리 죽도록 일해봤댔자 입에 풀칠하기도 어려웠든지 했을 건 뻔한 일이다. 게다가 우리 사회엔 물욕을 부채질하는 요소가 너무나 많다.

정직하고 근면하게 일해봤댔자 일한 만큼 잘살 수는 절대로 없고 그렇다고 빈궁한 생활에서나마 정직과 근면에 긍지를 가질 수 있을 만큼 정직과 근면이라는 것에 대한 가치기준이 서 있는 것도 아니다. 정직과 근면은 사람을 웃길 따름인 것이다. 다만 돈이 제일인 것이다. 돈이면 다인 것이다. 법을 어기되 법에 걸리지 않고 어떻게 해서든 약게 돈만 벌면 되는 것이다.

이렇게 돈을 위해서 법을 어기는 일쯤 아무렇지도 않게 여기는 풍조는 이미 구석구석에 팽배해 있다. 박영복 사건 때만 해도 '그놈 난놈'이라고 선망인지 찬탄인지 모를 소리를 여러 사람한테서 들은 기억이 난다. 법의 맹점을 교묘히 이용해 큰

돈을 만지면 바로 '그놈 난놈'이 되는 것이다.

범인도 처음부터 흉악범은 아니었을 것이다. 남들처럼 쉽게 잘살아보려 했던 게 범죄의 시작이었을 것이다. 처음엔 도둑질, 강도질, 다시 살인강도까지 범죄의 질이 바늘도둑에서 소도둑 되듯이 빠르게 발전했을 것이다. 실상 우린 이런 유형의 범인을 수없이 많이 봐왔달 수도 있다.

그런데도 이번 사건에 유독 우리가 몸서리쳐지는 충격을 금할 수 없음은 처자식까지 죽인 비정성인데 여기에도 간단하게 극악무도하다고만 단정할 수 없는 우리 사회의 부조리는 있다고 본다.

이런 끔찍한 동반자살, 집단자살은 다 자식을 소유물시하는 데서 비롯된 것으로 보는 견해가 압도적인데 이번 경우 범인이 자식의 심장에 총을 겨눴을 때는 소유의 문제보다는 책임의 문제가 앞섰으리라고 본다. 우리 사회에선 제 자식의 양육과 교육의 책임은 전적으로 그 부모들에게만 있다. 부모를 잃은 뒤 고아가 된 아이들의 문제를 책임져줄 사회적인 제도는 전혀 없다. 그래서 약간의 재산까지 남기고 자연사하는 어버이도 자녀를 미처 성가成家시키지 못하고 죽을 땐 차마 눈을 못 감는 게 우리의 현실이다.

더구나 흉악무도한 살인범 사형수의 유족으로서의 아이들

의 장래가 어떻다는 것은 전과자로서의 사회의 밑바닥 어두운 구석만 전전한 범인으로선 상상하고도 남음이 있었을 게 아닌가. 아니 상상이 아니었을 것이다. 명약관화한 확신이었을 것이다.

자식을 부모의 소유물시하지 말자는 생각은 모든 서구식 사고방식이 그렇듯이 듣기 좋고 합리적이다. 실로 지당한 말씀이다. 그러나 우리 사회의 실상은 그런 서구적 사고방식을 뒷받침하지 못하고 있음을 어쩌랴. 실제로 우리 사회가 그런 아이들을 돌봐줄 무슨 보장제도를 갖고 있단 말인가?

그런 보장제도는커녕 우리 개개인이 그런 흉악범의 아이들을 흉악범의 아이라는 편견 없이 대할 자신이나마 있단 말인가. 편견은 나쁘다. 편견은 나쁘지만 편견이 있는 건 있는 거다.

그렇다고 범인이 한 짓을 변호할 생각은 추호도 없다. 다만 범인이 이정수씨나 그 밖의 딴 희생자들 가슴에 총을 쏠 때처럼 잔인무도한 흉악범으로서 자기 자식을 쏘지는 않았으리라고 말하고 싶을 뿐이다. 그릇된 대로나마 자기 나름의 부정이었다고 짐작할 따름이다.

마지막으로 범인도 인간이었다고 믿고 싶다. 죽기 전에 한번 슬피 엉엉 울었다고 하지 않는가.

그 울음이 회한이었다고 믿고 싶다. 또 아이들의 이름을 기억해주기 바란다. '태양' '큰별' 얼마나 밝고 사랑스러운 이름인가. 범인이 비록 자기는 사람 아닌 길을 걸으면서도 자식들만은 밝게 떳떳하게 살기를, 빛나는 존재가 되기를 얼마나 간절히 소망했나를 이 아이들의 이름에서 느낀다면 지나친 감상일까.

끝으로 이정수씨 유족에게 심심한 조위를 표하며 하루빨리 슬픔을 잊고 꿋꿋하게 살기를 빈다.

겨울 이야기

오늘 시내에 나갔다가 돌아오려는데 마침 날씨가 급변하
며 굵은 비가 뿌리더니 가로수가 휘어질 듯이 강풍까지 불어
댔다. 나는 운수 좋게 우리집 방향의 버스를 냉큼 집어탈 수
있었고, 자리까지 잡았다. 버스에 흔들리면서, 흉흉한 먹구름
으로 금세 한밤중처럼 어두워오는 을씨년스러운 거리를 내다
보고 있는데, 각자 손에 팻말을 하나씩 쳐든 사람들이 한 떼
인도를 메우고 종종걸음을 치고 있었다. 팻말에 적힌 구호는
정부의 에너지 대책에 적극 호응하자느니, 가까운 거리는 걸
어서 다니자느니, 요새 우리가 당면한 절박한 문제인 유류 절
약에 관한 것이었다. 구호 밑에는 동회 이름이 적힌 걸 보면
동 단위로 동원된 사람들인 모양으로 부녀자와 직업이 없어

뵈는 중·노년의 남자들이 대부분이었고 그들은 몹시 피곤해 보였다.

나는 뭔가 답답하고 울적해졌다. 에너지 대책의 하나로 기껏 저런 요란한 구호의 행렬을 생각해낸 높은 분은 지금쯤 대형 승용차로 귀가하고 계시겠거니 싶어 우울하고, 행렬이 해산한 뒤 날씨도 나쁘고 다리도 아프고 게다가 여자들은 빨리 돌아가 저녁도 지어야겠기에 '가까운 거리는 걸어서 다니자'는 팻말을 쳐든 채 우르르 버스로 올라타야 하는 저들의 민망한 처지를 상상하는 것도 우울했다.

에너지 위기는 비단 우리만의 것이 아닌 세계적인 것이니 나를 우울하게 하는 것은 위기 그 자체가 아니라 위기에 대처하는 우리의 졸렬한 모습이요, 행동과 실천 대신 다만 과시를 목적으로 남발되어 뿌려진 표어와 구호였다.

오늘 아침이던가, 텔레비전으로 인도 수상이 유류 절약을 솔선수범하기 위해 마차를 타고 귀가하는 모습을 잠깐 비춰준 적이 있다. 고위층의 이런 제스처에는 다분히 쇼적인 것이 느껴져 함부로 흉내낼 것은 못 되지만 쇼라도 좋으니 우리나라 높은 양반들도 한번 자전거를 타고 출근해봤으면 싶다. 표어나 구호가 그렇게 좋거든 가슴과 등에 표어로 간판을 해달아 샌드위치맨을 겸하는 것도 좋을 것이다. 표어의 효과가 어찌 되었든 그렇게 함으로써 그들은 다만 몇 갤런의 유류라도 실제로 절약한 셈이 되는 것이다. 20원짜리 버스를 타고 전등을 켜는 것 외에는 유류의 소비에 직접적인 참여가 거의 없는 서민의 행렬보다 얼마나 실리적인가.

몇 해 전이었던가, 연료 현대화 계획이라 해서 유류 소비가 권장된 적이 있었다. 지금 생각하면 꿈같은 이야긴데도 바로 5, 6년 전에 있었던 일이다. 그때는 물론 우리나라 어디에서고 석유 한 방울 비쳤던 건 아니다. 그때 유류 사용 촉진을 위해 면세로 석유스토브를 대량으로 수입했었고, 덕택에 나도 영국제 석유스토브를 하나 장만했었다. 나는 그것을 큰 귀중품처럼 아껴 쓰고, 봄이면 정성 들여 손질을 해 간직했기 때문에 아직도 새것처럼 말짱하다. 연소통 위에 철망이 달린 반사식이 아니고 대류식 원통형이라 고운 불꽃이 훌훌훌 부드러운 소리를 내면서 타는 것을 원통에 달린 조그만 창으로 직접 볼 수 있는 이 스토브를 나는 무척 좋아했다. 추운 겨울밤에 너울대는 불꽃을 보는 것은 이제는 거의 금단의 불이 되고 만 원시적인 불, 장작불에 대한 향수를 달래주기에 충분한 즐거움이었다.

나는 또 이 스토브의 원통과 꼭 맞는 알루미늄 식기를 이용해서 스토브의 열로 카스텔라를 맛있게 구워낼 수 있는 비결을 알고 있었다. 긴긴 겨울밤 책을 읽거나 뜨개질을 하면서 공부하는 아이들을 위해 카스텔라를 굽는다든지 남편을 위해 생강차를 끓인다든지 이런 소시민적인 즐거움조차 올겨울엔 절제해야 할 것을 생각하는 것도 우울하다.

더욱 우울한 것은 이번 유류 파동이라든지 이와 비슷한 못된 바람은 늘 서민생활에만 유독 세차게 불어닥치지, 정작 실효를 거둘 수 있는 보다 근본적인 고장은 여전히 무풍의 안일을 구가하겠거니 하는 생각을 해보는 일이고, 그게 당연한 것처럼 여겨지는 잘 길들여진 체념이다.

사람에 따라 조금씩 다르겠지만 추위나 더위를 타는 정도가 반드시 기온의 고저高低와 비례하는 것은 아닌 것 같다. 나는 1년 중 바로 이맘때, 가을에서 겨울에 접어드는 시기, 이른바 김장철이 제일 춥고 싫다. 이맘때의 그 독특한 을씨년스러움, 기후의 변덕 한파를 한발 앞서 무슨 절후節候처럼 정확하게 닥쳐오는 물가고物價高, 이런 것들이 맨살로 맞는 찬비처럼 불유쾌해 감기기운 같은 한기를 으슬으슬 앓게 된다.

한기가 몸살이 안 되게 하려면 우선 떨치고 일어나 바쁠 수밖에 없겠다. 항아리도 가셔놓고, 독도 울궈놓고, 멸치젓국도 끓여서 받쳐놓고, 김장하는 이웃집에 가서 속도 좀 맛보고, 호호 맵고도 맛있다고 칭찬도 해주고 지나가는 김장 구루

마를 보는 족족 얼마짜리 배추냐고, 얼마짜리 무냐고 물어보고 만져도 보고, 찔러도 보고, 들어도 보고, 공연히 들락거리다가 마늘도 좀 까놓고, 생강도 좀 벗겨놓고, 그러다가 옆집에 김장이 들어온 낌새라도 있으면 조르르 달려가 같이 몇 통 다듬다가 어머머 속이 잘도 찼네, 아주 꽉 찼네, 이 배추 포두련인가봐. 아이 맛있겠네. 우리도 이런 걸로 사야지 꼭 이런 걸로 사야지 하고 벼르고, 그렇게 며칠 벼르다가 드디어 배추를 사러 나가게 될 것이다.

시장을 한 바퀴 돌고 또 한 바퀴 돌고, 요 집 저 집서 값을 물어보고 배추를 들어도 보고 헤쳐도 보고, 얼마까지 해줄 거냐고 꼭 살 듯이 흥정을 하다가도 다음 집으로 옮겨가고 속고갱이를 뜯어서 맛까지 보고도 아이 싱거워 배추는 고소해야지 하며 또 다음 집으로 옮겨가고, 이렇게 수도 없이 장을 돌고 돌아 드디어 배추를 흥정하고 리어카에 실노라면 장사꾼은 잔 것으로 고르느라 나는 큰 포기로 고르느라 한번 더 다투고 리어카꾼은 끌고 나는 밀고 개선장군처럼 집까지 와서는 리어카삯 때문에 리어카꾼과 다시 한번 다투고, 배추를 가르고 어머머 속이 꽉 찼네, 올해는 우리 배추가 우리 동네에서 제일 좋겠네 하며 신바람이 나서 배추를 절이고 양념을 다지고 할 것이다. 곧 겨울이 깊어질 테고 김장 김치가 익을 테고, 아직 석유는 별로 안 나지만 배추도 나고 쌀도 나고 얼마나 좋으냐고, 제까짓 것들 석유 먹고 살 재간 있으면 살아보라지 하고 배짱을 탁 튀기며 자족할 것이다. 내 우울의 자가요법自家療法이다.

참 비싼 레테르도 다 있다

대학을 인생의 궁극 목표로 착각

대학 입시가 지나고 나니 입시가 흘리고 간 미담이 신문 사회면을 장식한다. 입학금을 마련 못한 가난한 합격자 이야기가 보도되고, 이어서 각계에서 입학금을 보태오는 아름다운 인정이 보도된다.

입시가 매년 있는 것처럼 미담도 매년 있다. 그런데 좀 이상한 것은 어떻게 해서 신문 한 귀퉁이에라도 등록금을 마련 못해 애태우는 사정을 호소할 기회만 얻으면 마치 우리나라에서 등록금에 궁한 학생이 그 학생 하나인 것처럼 아름다운 마음씨들이 온통 그 학생에게로 집중된다. 매스컴의 마력이라고나 할까.

합격하고도 등록금을 마련 못한 가난한 수재들의 수효는 도저히 미담만으로는 구제할 수 없이 많을 테고, 등록금 마련이 막연한 나머지 아예 응시조차 포기한 보다 수줍은 향학열은 더 많을 것이다.

전연 입학금 마련의 방도 없이 시험을 치렀다는 것은 '어떻게 되겠지' 하는 요행을 바라는 심리가 다분히 작용했을 테고, 신문에 날 수 있었던 학생만이 이 '어떻게 되겠지'의 요행수를 맞은 것이니 여기에도 뼈아픈 불공평은 있는 셈이다. 도대체 '어떻게 되겠지' 하는 사행심과도 흡사한 배짱 자체도 권장할 만한 것이 못 되지 않는가. 그래도 우리는 이런 것을 향학열이란 이름으로 어여삐 보려든다.

생각해볼 만한 문제다. 생활에 큰 위협을 느끼며, 혹은 논 팔고 밭 팔아서라도 대학에 가야 하느냐는 진지하게 생각해볼 만한 문제다.

그렇다고 없는 사람은 아예 대학 갈 꿈도 꾸지 말라고 막말을 할 생각은 추호도 없다. 없는 사람이 아니더라도 입시를 위한 과외공부니, 보충수업이니 배치고사 등으로 밤낮없이 지속적인 시달림을 받는 광기의 시기에 과연 내가 대학에 가서 진정 하고 싶은 것이 무엇이며 그것을 꼭 대학에 가야만 할 수 있는 것일까, 내 향학열은 대학 간판에의 허욕과 어떻게 다른가쯤 차분히 회의해봄직하다.

더구나 학자금이 어려워 장학기관이나 뜻있는 개인의 도움을 필요로 할 때, 수혜자로서 져야 할 책임까지 생각해야 될 것이다. 장학금은 공돈이 아니다. 언제고 갚아야 할 신세인 것이다. 그 기관이나 개인에게가 아니라 자기가 속한 사회에 몇 배로 늘려 갚아야 하는 것이 수혜자의 도리요, 투자자의 의도인 것이다. 그런 장학금이나마 각 대학마다 장학금의 종류만 많았지 실제로 전액을 혜택받기란 그야말로 하늘의 별 따기다.

여기서 다시 한번 내가 꼭 하고 싶은 것은 무엇인가. 나는 무엇이 되고 싶은가, 내가 여지껏 '되고 싶은 것도 대학생' '하고 싶은 것도 대학생' 하는 식으로 대학에 들어가는 것을 인생의 궁극의 목표로 착각했던 것이나 아닌지를 곰곰이 생각해볼 일이다.

의외의 기쁨과 긍지 느낄 수도

우리의 실정 중 무엇보다 시급히 개선해야 할 것이 있다면 대학을 인격 완성의 한 과정으로 보지 않고, 궁극의 최고 목표로 보는 그릇된 교육 풍토일 것이다. 이런 교육 풍토로 예비고사나 입시에 낙방한 것으로 자살하는 학생이 생기고, 졸도하는 학부모가 생기고, 학원재벌이 생기고, 그것만으로도 모자라 대학이란 목적을 위해 수단을 가리지 않는 학부모의 갖은 망측스러운 악덕조차 '교육열'이란 이름으로 용서해왔던 것이다. 교육이란 이름이 요즈음처럼 더러운 오욕을 뒤집어쓴 시대가 또 있었을까?

대학을 인생의 궁극 목표로 삼는 그릇된 관념에서 놓여날 수만 있다면, 대학을 포기하는 고통이 훨씬 가벼워질 수 있을 것이다. 대학 입시 위주 일변도의 주입식이요 재치문답식 중고교 교육만을 받아온 학생들이 그런 관념을 타파하기란 결코 쉬운 일이 아닌 줄 안다. 그러나 어차피 그릇된 관념은 누구에 의해서고 타파되어야 한다.

사람이란 이런저런 과정을 거쳐 성장하게 마련이다. 자기 생애에서 대학생활이란 과정이 생략된 반면 딴 과정이 있을 테고, 이 과정이 실의와 공백의 시기가 되느냐 대학 과정 못지않은 보람찬 시기가 되느냐는 오직 자기 할 나름인 것이다.

대학에선 배울 수 없는 기술을 익힌다든가 직장을 가져 돈을 벌어 가계를 보탠다든가 자립을 하는 데 의외의 기쁨과 긍지를 느낄 수도 있겠고 직장에서 자기도 미처 못 깨닫던 숨은 능력을 인정받아 돈벌이와 더불어 무한한 자기 발전의 가능성을 발견하는 수도 있을 것이다.

특히 여성의 경우는 대학을 졸업하고도 전공과목과는 거리가 먼, 여고 졸업쯤이면 누구나 할 수 있는 일을 하게 되어일에 재미를 잃고 주위에선 능력도 없이 콧대만 높다는 따돌림까지 받아 실의에 빠지는 일이 허다한 반면, 이와는 대조적으로 여고 졸업 정도의 학력으로 사랑과 신뢰를 받음으로써더욱 일에 열의를 갖고 보람찬 나날을 보내는 일도 많은 것으로 알고 있다.

또 대학을 못 나온 이가 대학을 나온 이를 부러워하는 것이 대학 나온 이의 전문적인 지식이 아니라 순조로운 과정으로 대학을 나왔으므로 풍기는 인품인 경우도 많다.

전문적인 지식은 독학으로도 어느만큼은 얻을 수 있고 또노력 여하에 따라서는 앞지를 수도 있겠으나 대학생활의 교우관계, 캠퍼스의 분위기, 교수와의 대화 등을 통해서 형성되는 인품만은 따르지 못할 것이요, 바로 그런 인품이야말로 대학 졸업생을 사회의 지도자적 입장에 서게 하는 요건일지도모른다.

그러나 지도자만으로 구성된 국가사회가 있을 수 있을까.

양식을 갖춘 근면한 국민의 한 사람이란 것도 충분히 떳떳한 일이다. 자기에게 당면한 문제를 회피하지 않고 끊임없이 회의하고 탐구하고, 이웃과 따뜻이 사귀고 이해하는 사이에 지도적 인품조차 자연히 갖추게 되는 날이 있을 것이다.

남편감 시선 끌기 위한 레테르?

여기까지는 학비 관계로 대학 진학을 포기한 사람을 상대한 얘기였는데, 다음은 부모 덕으로 아무런 고통 없이 대학에 재학중인 여대생이나 수험 준비중인 여고생에게 대학이란 무엇이라고 생각하느냐고 묻는다면 아마 퍽 아기자기한 재미있는 대답을 들을 수 있을 것 같다.

실제로 대학의 무슨무슨 축제에서 퀸으로 뽑힌 아리따운 여대생들이 좌담회 석상에서 졸업 후의 희망을 묻는 사회자 질문에 퀸답게 미소도 우아하게 대답하는 말이 한결같이 '현모양처'인 것을 듣고 어리둥절한 적이 있다.

그들의 전공과목이 정치외교학이니 관광학이니 특수교육이니 하는 좀 특이한 것이어서 그 어리둥절함은 좀 더했다. 그들의 전공과목과 현모양처와 어떤 상관이 있는지 나는 아직 모른다.

하긴 그녀들에겐 전공과목이란 게 별 큰 의미가 있어 보이지 않았고, 필요한 건 대학 졸업장인 모양인데 그 졸업장의 용도도 현모양처가 되려면 불가불 필요한 '건전하고 경제력이 있는 남편감'의 시선을 끌기 위한 빛나는 레테르쯤으로 여기고 있는 모양이다.

참 비싼 레테르도 다 있다.

나에겐 아무리 여자대학이지만 그래도 학문의 전당이란 대학 앞에 책방 하나 없이 양장점만 즐비한 것보다 더 이상한 게 하나 있다. 모든 것이 전문화되고 분업화된 현대사회답게 여자대학에도 별의별 과가 다 있는데 왜 아직 '현모양처과'가 없는가가 그것이다.

1년이나 2년 연한으로 실습을 위주로 한 요리, 양재, 편물, 그리고 무엇보다 자녀교육을 위한 올바른 교육관을 갖도록 도와주는 교육 과정 등을, 등록금을 훨씬 싸게 해서 베풀어주었으면 좋겠다. 현모양처가 되기 위해서만이라면 현행 등록금이나 방대한 대학 시설은 지나친 사치요 낭비라고 본다. 그렇다고 내가 가정에서의 현모양처로서의 책무를 가볍게 보아서 하는 소리는 아니다.

대학교육은 자기가 속한 사회로부터 받은 크나큰 혜택이

다. 비록 학자금이 부모의 호주머니에서 나왔다 해도 혜택임에는 변함이 없다. 그러므로 대학교육을 통해 학문과 예술을 연마하고 전문적인 지식을 갖출 수 있었던 사람은 반드시 그것으로 국가사회 발전을 위해 이바지할 각오가 되어 있어야 한다고 생각한다.

이바지할 기회가 주어지고 안 주어지고는 나중 문제이고 이런 각오가 전연 없이 받는 대학교육은 간판이니 액세서리니 갖은 조롱을 받아 마땅할 것이다.

현모양처의 모母나 처妻는 교육 이전의 동물적인 관계요, 인간이기 때문에 군이 필요한 '현賢'이나 '양良'도 지식의 문제이기 전에 인품의 문제니 고등학교 졸업 정도, 아니 그 이하의 학력으로도 가정교육만 훌륭하다면 능히 갖출 수 있는 덕이요, 대학 아니라 대학 이상을 나왔어도 못 갖출 수도 있을 것이다. 그러니 군이 현모양처를 위해 정치외교학이나 관광학 같은 거창한 학문을 할 필요가 어디 있겠는가?

그러고 보면 대학을 꼭 가야만 하느냐는 회의는 남자에게보다 여자에게서 더 문제성을 지니게 되는 셈이다.

특이한 재주가 있는 것도 아니고, 공부가 하고 싶기도 하고 싫기도 하고, 무엇이 되었으면 하는 목표가 서 있지도 않아 과 선택에선 우선 경쟁률 낮은 과나 골라잡게 되고, 입학

후의 꿈은 학교 앞 양장점에서 철따라 옷 맞추고, 미팅하고, 영화 구경 가고 뮤직홀에서 몸이나 푸는 일쯤이면 대학을 안 가는 인생 설계를 한번 해보는 것도 전연 무의미하지는 않을 것이다. 이런 여잴수록 대개 귀엽고 여성적이기 마련이다.

여성이 진정한 의미로 여성적이라는 것은 남성이 남성적이라는 것과는 또 다르게 아주 보배로운 것이고, 그것만으로 여대 졸업장 이상의 가치가 있는 것이다.

여성이란 본질적으로 어느 정도의 교양이라는 것은 갖출 수는 있어도 고도의 학문이나 예술 창작에는 적합지 못하다는 것은 거의 누구나가 인정하는 일이요, 실제로 학계, 예술계에서 활약하고 있는 여류가 여자대학 졸업생 수에 비해 너무도 빈약한 수효라는 것으로도 증명된다. 까딱하다간 보기 민망한 얼치기나 되기 십상이다. 그런 의미에서도 여성이 여성다움, 사랑스러움에 투철하다는 것은 그것만으로도 둘레에 끼치는 큰 복이요 구원이다.

대학에 못 가는 아픔은 크나……

내가 여지껏 한 말이 대학 진학할 수 없는 이들에게 조금의 위안도 되지 못했으리라는 것을 나는 안다.

진리 탐구의 지식욕이든 대학 간판에의 허욕이든 가고 싶은 대학에 못 가는 아픔이 어떻다는 것을 나는 너무도 잘 안다. 그것을 알기 때문에 글을 쓰려고 했던 것인데, 그것을 알기 때문에 이 글이 잘 써지지를 않는다.

나도 이 글 어디에선가 잠깐 언급했지만, 여자들이 꼭 대학에 가고 싶다는 소망이 시집갈 때 내보일 간판 때문인가, 학문에의 정열인가는 자주 사람들의 입씨름에 오르내리지만 실제로 이 두 가지 감정은 상반된 듯하면서도 흑과 백처럼 확연하게 구분되는 것은 아니다. 이 두 가지 감정이 합쳐져서 대학에 가고 싶다는 열망이 된다고 보는 쪽이 옳을 것이다. 또 허영 쪽이 승하면 어떻고, 학구열 쪽이 승하면 어떻다는 걸까? 어차피 그 시기는 혼돈의 시기요, 방황의 시기인 것이다.

혹은 어느 특정한 배지에의 동경만으로 여고 3년 동안을 꼬박 수험 지옥에서 시달렸대도 누가 그들을 비웃을 수 있을까? 소녀기에 동경의 대상이 있다는 건 좋은 일이다.

여대 앞 양장점을 아이스크림 핥으며 기웃대기, 티 미팅을 하면서 커피 냄새만큼이라도 지적인 냄새를 풍겨보려고 애쓰면서 나누는 시건방진 대화, 때 묻은 숄더백 속엔 오만 잡동사니를 다 집어넣고, 폼나는 책이나 몇 권 가슴에 안고, 뮤직

홀에서 신청곡은 꼭 원어로 써내고, 이 맛에 대학을 가고 싶단들 나쁠 게 뭐 있겠는가. 여고를 졸업하고 무한한 방황이 시작되는 시기, 자유의 의미에 눈뜰 시기, 그들에게 빌딩가의 협소한 하늘을 우러르게 하는 것보다, 캠퍼스의 숲속에서 무한한 가능성의 하늘을 우러르게 하고픈 것은 학부모 누구나의 소망이다.

그게 여의치 않을 때 학부모나 본인이나 적지 않은 고통을 겪어야 한다. 나도 같은 고통을 겪었기에 그 고통이 어떻다는 것도 그 고통이 예사말로 위로되지 않는다는 것도 안다.

6·25사변이 나던 해 어쩐 일인지 학기 초가 유월이었고 입시는 오월에 있었다.

나는 지금까지도 그때 합격의 기쁨에 들떠서 합격한 친구들과 두서없이 허황한 대화를 나누며 동숭동 문리대 정문을 빠져나와 맞은편 의과대학으로 해서 의대부속병원 정문으로 나오기까지의 코스만큼의 낭만적인 산책도로, 그때의 그 고장의 신록만큼 싱그럽고 찬란한 신록도 다시는 본 일이 없다.

그러나 내 낭만의 시기는 너무도 짧았다. 대학 생활이 한 달도 안 돼 6·25가 난 것이다. 사변통에 내 단 하나의 동기이자 학비의 부담자였던 오빠를 잃고, 아버지처럼 의지하던 숙부도 잃었다. 노모와 올케와 연년생의 어린 조카형제 이렇게 내가 돌봐야 할 식구만 남게 되었다. 그래도 학교에의 미련은 못 버리고 수복 후에도 등록도 해보고, 피난지 임시천막대학에 이름도 올려봤다.

그러나 그건 다 돈 안 드는 등록이었다. 나는 내가 다시는 돈 드는 등록을 할 수 없음을 알아야 했다. 학비는커녕 끼니가 문제였다.

드디어 대학을 단념하고 직장을 가지기로 했다. 그것을 결심하기까지 나는 문리대 앞을 수도 없이 왔다갔다했다. 그때 문리대는 미8군에서 쓰고 있어서 실질적인 문리대도 아니었는데, 나는 그 삼엄한 병영 속을 마치 쫓겨난 낙원을 훔쳐보듯이 훔쳐보며 거렁뱅이보다 더 참담한 심정으로 서성댔다.

나는 지금 이 나이에도 문리대 앞을 지날 때면 그 캠퍼스 안에서 눈에 띄는 누구에게나 맹렬한 질투를 느낀다(실상 이건 내 은밀한 비밀이었는데).

대학을 안 가는 용기

의외로 올케는 내 취직을 강력하게 반대했다. 어떻게든 자기가 학비를 대보겠다는 거였다. 살림밖에 모르던 젖먹이까지 달린 여자가 어떻게 학비를 대주겠다는 건지, 더구나 그때 우린 학비가 문제가 아닌 끼니가 문제인 극빈 상태였는데도 올케는 무모하게 우겼다.

지금도 나는 그때 올케의 광기에 가까운 눈빛을 잊을 수 없다.

"양갈보 짓이라도 해서……"

그녀가 그때 한 말이다. 그때 서울에선 양갈보가 참 좋은 여자벌이였다. 그녀는 내가 다 망한 집안을 다시 일으켜주길 바랐던 것이다. 아직 젖먹이인 자기 자식에게 그런 기대를 걸기엔 그녀의 소망이 너무 다급했다. 그녀는 단박에 망한 집안의 단박에 일어나는 모습을 보고 싶었던 것이다. 나는 겁이 났다. 그녀의 엄청난 소망이, 어린애같이 천진한 꿈이. 물론 나는 그럴 자신이 없었고 그래서 그녀의 소망을 뿌리치고 취직을 했다. 그러고 나니, 그렇게 홀가분할 수가 없었다.

그래서 그런지 지금도 나는 부모의 지나친 기대나 희생을 걸머지고 공부하는 학생만 보면 공연히 불안해지고 겁이 나고, 그 학생이 불쌍한가 하면 그 부모가 불쌍해지고 그런 못된 버릇이 있다.

쑥스러운 것 중에서도 제일 쑥스러운 게 자기 신세타령인데 어쩌다 내가 그 짓을 하고 만 것 같다. 글 제목이 그런 것이라, 나의 그 시기, 내 생애에서 가장 아팠던 시기를 얘기함으로써 지금 그런 일로 아픈 사람에게 위무가 되길 바라고 한 짓이다. 그 시기는 언제 회상해도 마음이 아프다. 그러나 후회는 없다. 만일 내가 다시 내 생애를 반복할 수 있다면 제일 큰 소망이 6·25 같은 전쟁이 없는 것이겠지만, 그것도 허용이 안 돼 그런 난리와 그런 끔찍한 곤궁을 다시 겪게 된다면 역시 내가 했던 것같이 할 수밖에 없었을 것 같다.

공부도 중요하지만 공부를 위해 감히 누가 누구의 인생을 희생할 수 있단 말인가. 아무리 부모 자식 간이라도 마찬가지다. 학비를 위해 자기 부모가 지나친 고생을 하고 있지나 않나, 자기가 과연 그들의 기대에 어긋나지 않게 될 자신이 있나 생각해볼 일이다. 전답도 집도 팔아서라도, 어떤 희생을 무릅쓰고라도 자식을 공부시키겠다는 부모는 뭔가 비정상적인 큰 기대를 자식에게 갖게 마련이다.

알맞은 기대를 받고 자라는 것은 적당한 책임감이 생겨 좋은 일이지만 지나친 기대는 구속이요 압제요 파괴력이다. 받는 쪽이 못 견디어 망가지고 만다.

자기 분수에 맞춰 대학을 안 가는 용기와 그 나름의 긍지도 가져봄직하다. 부끄러울 것도 위축될 것도 없다. 무언가 할 일을 발견해서 열중해볼 일이다. 가사라도 좋다. 진정 부

끄러운 일은 대학을 나오고도 아무 할 일을 발견 못하고 빈둥
대는 일이다.

　나는 꽤 자세하게 내 경력을 써내야 할 경우에도 절대로
대학 중퇴라고는 쓰지 않는다. 고졸이 좋다. 그건 결코 내 겸
손의 소치가 아니라, 내 나름의 조그만 오만이요, 긍지의 소
치인 것이다.

여성의 손이여 바빠져라

1975년은 우선 '여성' 자가 붙는 단체가 모조리 없어져도 되는 해가 되었으면 좋겠다. 이것은 여성 자가 붙는 단체가 여성의 고민이랄까, 권익이랄까 아무튼 여성만의 문제의 해결을 위한 협동체라는 전제하에 하는 소리다.

아무쪼록 1975년에는 여성들의 고민이 모조리 해결되어, 즉 소원이 성취되어 여성단체들이 별 볼일이 없어져, 별 볼일 없이 간판 붙이고 모여봤댔자 별 볼일이 없다는 새로운 고민밖에 할 게 없어, 그동안 많은 볼일이 밀린 가정이나 직업으로 돌아갈 수 있었으면 싶다.

그 대신 여성 각자가 마음껏 여성스러워졌으면 싶다. 요즈음 남성이 남성의 본질인 용기와 패기를 잃고 비열하고 연해진 게 여성이 억세고 극성맞아진 결과가 아닌가 싶어 그런 뜻에서도 여성이 여성스러워졌으면 좋겠다. 여성이 남성화하는 게 남녀가 동등해지는 길이라는 오해 끝에 여성이 스스로 여성다움을 포기한 데서 바로 여성의 오늘날의 우스꽝스러운 허구가 비롯된 게 아닐까.

여성이 여성스러워지고 남성이 남성스러워진다는 건 바로 인간이 인간다워진다는 뜻하고도 통하겠다. 진정한 의미의 남성다움, 진정한 의미의 여성다움을 갖춘 남녀가 조화를 이룬 사회야말로 축복받은 사회일 것이다.

1975년에는 여류로서 행세깨나 하는 명사가 모조리 없어졌으면 좋겠다. 여류의원, 여류작가, 여류화가 등도 모조리 없어졌으면 좋겠다. 이것은 물론 여성은 이런 분야에 종사하지 말라는 뜻이 아니라 여류라는 딱지를 떼어버리고 나서도 해당 분야에서 충분한 인정을 받을 만한 실력을 여류들도 갖추자는 뜻이다.

여류니까 한눈 감고 후하게 봐주어 실력은 딸려도, 노력은 덜해도 출세(?)는 빠른 남녀 불평등을 여성 쪽에서 용감히 거부하는 해가 되었으면 싶다.

그리고 1975년은 여성의 손이 어느 해보다도 바쁘고 여물어야겠다. 여성의 손이라면 남성은 단박 지난해의 보석 사건을 연상하는 게 고작일 것이다. 그리고 다시 한번 입에 거품을 물고 여성의 허영과 사치에 통탄과 분노를 폭발시킬 것이다. 마치 지금 우리 사회의 병폐는 오로지 여성의 허영뿐이라는 듯이, 지금 우리가 통탄할 일은 여성의 사치풍조가 전부라는 듯이 탄식을 화통처럼 토해낼 것이다.

아무려나, 남성들이 분노하는 것을 보는 것만도 기쁘다. 요즈음 남성들 분노의 기능이 완전히 거세된 줄 알았는데 제법 왕성한 것을 보니 신기하고 반갑기까지 하다. 그러나 남성들은 조금쯤 민망해할 줄도 알아야겠다. 보석 부인이란 실상 일반 여성들과는 천리만리나 먼 곳의 특수층이지만 그래도 같은 여성이란 점으로 우리 여성들은 꽤 무안해하고 있다. 그렇다면 남성들도 보석 사건이 그들 일부 남성사회의 엄청난 부정부패가 가꾼 악의 꽃이란 점에서 민망해할 줄도 알아야겠는데 그럴 줄을 모른다.

민망해하기는커녕 오늘날의 모든 부패의 책임이 여성에게 있다고 누명을 씌우지 못해 안달을 하고 있다. 평생 아내에게 보석은커녕 연탄집게밖에 쥐여줘본 적이 없는 남자들도 덩달아서 행여 아내의 허영이 어느 날 갑자기 자기에게 몰락을 몰고 올지도 모른다는 두려움으로 전전긍긍하기도 한다. 어이가 없다못해 웃을 수밖에 없다.

여성 스스로가 여성의 손을, 이런 1974년의 오욕으로부터 구해야겠다. 사회의 혼탁으로부터 가정의 순결을 지키기 위해 여성의 손은 든든해야겠고, 처자식을 위해서라는 변명을 마련해놓고 무력하게 타락해가는 남편네들을 구하기 위해 여성의 손은 여물고도 따뜻해야겠다. 그리고 무엇보다도 여성의 손은 짭짤해야겠다. 그래서 우리 사회의 부패에 마지막 소금이 돼야겠다.

가끔 모든 사람의 존경을 받아 마땅할 고위층 인사가 공식적인 발언에서 상식 이하의 소리를 해서 듣는 이를 아연케 하는 수가 있다. 그럴 때 우린 한숨을 쉬며 '저 사람은 아내도 없나?' 하는 생각을 한다. 이런 경우 우리가 생각하는 아내의 뜻은 넓고 깊다. 지혜의 샘 같은 의미조차 지닌다.

여성이 스스로의 영역을 확대 심화해서 자기 남편이 '아내도 없나' 하는 최상급의 욕을 먹지 않도록 하는 것도 1975년의 여성의 할 일일 것이다.

지붕 밑의 남녀평등

한 해 가고 새해를 맞으니 제일 먼저 떠오른 생각이 여성의 해가 가는구나 하는 거였다. 그러곤 '픽' 하고 웃음이 났다.

'여성의 해'를 맞을 때도 그랬다. 어디선가 올해가 '여성의 해'란 소리를 듣고, 살다보니 별 좋은 세월을 다 맞는다 싶으면서도 웃음이 났다. '픽' 하는 코로 김이 반쯤은 새버리는 웃음 말이다. 그렇다고 그게 '여성의 해'를 우습게 알아서 나는 웃음은 절대로 아니었다. 몇십 년을 결혼이란 이름으로 한 남자하고 소리 없이 산 여자가 남녀의 평등이니 자유니 하는 소리를 들으면 그렇게 웃음이 나게 마련이다.

그것은 이론이나 법적으로 누리고 있는 여자의 지위와는 상관없이 자기 집 지붕 밑에서 누리고 있는 실제의 남자 여자

문제를 생각하게 되기 때문이다.

나는 법적인 것은 잘 모르지만 아무튼 남녀는 사람이 만든 법이나 제도상으론 평등해야 된다고 생각하지만, 자연이 부여한 본질적인 불평등이랄까 차이랄까 그런 것은 인정하고 받아들여야 한다고 생각한다.

실제로 지붕 밑의 남녀문제, 즉 부부관계를 볼 때 편안한 부부관계는 대등한 남녀관계가 아니라 불평등한 남녀관계다.

그것은 남자가 우세하냐 여자가 우세하냐 하는 평면적인 불평등이 아니라 자연이 만들어준 미묘하고도 섬세한 불평등이다.

나는 원고 쓸 일을 미루면서 게으르게 굴다 어느 날 한꺼번에 하는 버릇이 있다. 그러니까 가끔 밤을 새게 된다. 그러고 난 아침엔 모든 게 뒤죽박죽이다. 그럴 때 나는 그(남편)에게 필요 이상으로 미안해하면서 쩔쩔매는 시늉을 해야 된다.

그렇게 모든 게 뒤죽박죽인 어느 날 아침, 나는 너무 지쳐 있어서 쩔쩔매는 시늉을 하며 애교(?)를 떠는 것조차 귀찮아졌다. 그는 인상을 잔뜩 쓰고 아침을 맛없게 먹더니 양말과 손수건을 달라고 했다. 바로 양말과 손수건이 든 서랍 앞에서 퉁명스럽게 그랬다. 그때 그만 나는 서툰 수작을 하고 말았다.

"여보 거기서 좀 꺼내 신구려. 나도 지쳐 죽겠는데 그런 것까지 일일이 시중을 시킬 게 뭐 있어요. 당신은 낮에 일하고, 나는 낮에도 밤에도 일하고, 그만 했으면 우리도 좀 평등해봅시다."

부부간의 대화 속에 남녀의 평등의 문제를 끌어들이는 여자처럼 매력 없는 여자가 또 있을까? 그의 표정은 이상한 모양으로 일그러졌다. 그날 밤, 그는 술에 만취해서 들어왔다. 내가 옷을 받아 걸려니까, 뿌리치며 우린 평등하니까 그런 시중들 생각 말라고 했다. 나는 오장육부가 빠져버린 여자처럼 해해대며

"우리가 평등하긴요. 나는 당신 노예입니다."

나는 계속해 당신의 노예라고 중얼대며 그의 시중을 들었지만 나를 정말 노예처럼 느꼈던 것은 아니다.

나를 어머니처럼 느꼈고, 그를 생전 어른이 될 가망이 없는 어린애처럼 느꼈고, 그런 느낌이 그렇게 편안할 수가 없었다.

여성의 인간화

금년 들어 신문이나 잡지에 여성문제에 관한 글이 자주 실리는 걸 본다. 왜냐고 묻는다면 '여성의 해니까'라는 대답을 들겠거니 생각하면 괜히 웃음부터 난다.

어린이날이었다. 화곡동에서 시내로 나오는 버스를 탔는데 평소 같으면 시내까지 앉아서 들어올 수 있는 차가 그날따라 종점부터 초만원이었다. 나는 짓눌리다못해 "차장 아가씨, 이게 웬일이지?" 하고 비명처럼 소리쳤다. "웬 왜예요? 아줌만 어린이날도 모르세요." 차장 아가씨는 보기 좋게 나의 무식을 핀잔주었다. 그 버스는 화곡동에서 중곡동 어린이대공원까지 왕래하는 버스였던 것이다.

그러고 보니 승객도 어린이와 어른이 반반이어서, 어린이들의 앳된 비명이 끊임없이 들렸다. 그런데도 정류장마다 대공원 가는 버스를 기다리는 어린이가 한 떼씩 무리져 고개를 길게 하고 우리가 탄 버스를 기다리고 버스는 어김없이 정류장마다 멎었다. 더 태운다는 것도 못할 노릇 같았지만, 안 태운다는 것도 못할 노릇 같았다. 그날은 오월답지 않게 날씨가 음산하고 기온이 낮고 바람이 몹시 불었다. 나들이 나온 어린이들의 모습이 춥고 을씨년스러워 보였다. 나는 제발 그만 태우자고 할 용기도, 조금씩 밀고 들어가서 더 태우자고 할 용기도 없었고, 속마음 역시 버스를 이미 탄 채 적지 않은 고초를 겪고 있는 어린이들 편일 수도, 타지 못하고 오들오들 떨고 있는 어린이들 편일 수도 없었다. 그런 채로 괜히 화만 났다. 어린이날이라고 그저 무작정 아이들을 거리로 끌고 나오기만 하면 도대체 어쩌겠다는 것일까 하고.

버스 속에서의 이런 악다구니 속에서도 어린이들을 데리고 온 어른들은 이색적인 토론을 벌이고 있었다. 어린이날엔, 대공원이나 고궁이 어린이에게만 공짜냐, 어린이를 데리고 온 어른에게까지도 공짜냐 하는 시비는 좀처럼 승부가 날 것 같지 않았다. 듣다못한 어떤 목소리 큰 여인이 목청껏 아는 척을 하고 나섰다. 작년까지만 해도 아무나 '애새끼'만 하나 끌고 가면 어른도 무조건 공짜더니, 올핸 야박해져서 애새끼만 공짜지 어른은 공짜가 아니라는 거였다. 그 여인의 말의 진부眞否에 대해선 그후에도 따로 알아본 바 없어 잘 모르겠지만, 그 여인이 '애새끼'란 소리를 얼마나 무참하게 발음했던가만은 좀체 잊히질 않는다.

어린이날은 아주 좋은 날이다. 어린이는 나라의 보배, 나라의 주인, 나라의 미래, 어른의 아버지—무슨 찬사인들 아까우랴. 실제로 대부분의 어린이들은 그만한 귀여움과 위함을 받고 있고, 도에 지나친 귀여움이나 위함을 받고 있는 어린이까지도 적지 않은 반면, 창경원이나 어린이대공원 입장권 한 장만한 대우도 못 받는 어린이가 아직도 수두룩하다는 걸 우리는 알아야 할 것이다.

여성의 해 소리를 하다 말고 어린이날 얘기로 흐르고 만 것은 만의 하나라도 여성을 어린이와 비하고자 해서가 아니다. 다만 무슨 날이라든가, 무슨 해라든가, 그 '무슨'이란 주제에서 얼마나 겉돈 채 공소하게 판을 치고 있나를 말하고 싶었을 뿐이다.

알 만한 여성—교양과 시간과 돈을 갖춘 상류층의 여성조차도 여성의 해의 취지나 슬로건 같은 건 모른 척하고 제 편한 대로 딴전을 피우기가 일쑤다. 이를테면 살롱이니 의상실이니 그 밖에 호화판 모임에 몰려다니느라 집을 비우고 살림을 포기하고는 여성의 핸데 감히 누가 뭐랄 거냐고 큰소리 탕탕 치는 식이 바로 그렇다. 이렇게 상류층 여성들이 의무와 고난을 배제한 화려하고 안이한 여성의 해를 구가하는 반면, 생활이 고된 층으로 내려갈수록 전연 관심도 없거나 냉소적이다.

남녀의 평등을 방해하는 게 남성일 수도, 인습일 수도, 법제도나 사회통념일 수도, 그것들을 다 합친 것일 수도 있겠으나, 보다 많은 원인을 여성 자신에게서 찾아야 할 것 같다. 스스로의 인간화에 따르는 고난과 의무를 두려워하고 기피하고 있지나 않나 하고. 인간으로서 걸머져야 할 의무와 고난보다는 노예로서의 무책임과 안일을 원하고 있는 거나 아닌가 하고 말이다.

쑥스러운 고백

올여름은 참으로 길었습니다. 너무 고되고 지루했습니다.

올여름 그 끔찍한 더위를 어떻게 지냈느냐고도, 휴가는 어디서 얼마만큼 재미있게 보냈느냐고도 묻지 않겠습니다.

여름을 별 볼일 없이 빈들빈들 보내고 난 시시한 사람들이 만나서 나누는 시시한 인사치레가 행여 여러분을 불쾌하게 하지나 않을까 해서입니다.

실상 저는 여러분이 어떠한 조건 밑에서 일하고 계신지를 잘은 모릅니다. 바람직한 좋은 환경에서 응분의 대우를 받고 일하시는 분도 계시겠고, 과거보다는 좀 나은 환경 아래 그저 그런 대우를 받고 일하시는 분도 계시겠고, 낮은 임금을 인내로 견디면서 일하고 계신 분도 있을 줄 압니다. 제가 알고 있는 건 다만 여러분이 일하는 여인이란 사실 하나뿐입니다.

'여인' 위에 제아무리 화려한 최상급의 형용사를 붙여봐도 일하는 여인이 주는 것만큼 건강한 감동과 친화감을 주지는 못할 것입니다.

그러나 여러분이 지금의 일하는 여인, 즉 여공이 되기까지는 결코 그것을 원하거나 동경해서 됐다고는 할 수 없는 우여곡절과 가슴 아픈 사연이 있었을 것이고 지금의 입장에 긍지보다는 열등감을 느껴야 할 때도 한두 번이 아니었으리라는 걸 압니다.

우리는 지금 참담한 전화가 무참하게 파괴한 폐허에서 기적적으로 일어나 표면상으로나마 부와 번영을 누리고 있습니다. 번화가를 지날 때, 곳곳에 새로 생긴 공업지대를 구경할 때 남산에 올라 서울 장안을 내려다볼 때, 20년 전의 우리 국토의 황폐가 도무지 믿어지지 않을 만큼 우리는 번영하고 있음을 알겠고, 우리도 잘살게 됐구나. 아아 잘살게 됐구나 하는 뭉클한 감동을 맛봅니다.

그리고 우리의 이러한 부의 원동력이 여러분의 근로였다는 걸 잊을 수 없습니다. 우리의 오늘날의 번영을 계획한 사람은 몇몇 유명한 분일지는 몰라도 그걸 성취한 것은 오직 여러분의 근로였습니다.

그리고 이런 우리의 부와 번영이 그것을 죽자꾸나 성심껏 이룩한 여러분에겐 얼마나 인색하게 조금밖에 안 주어졌나를 또한 알고 있습니다. 여러분은 부지런하고 고달프지만 여러분보다 한가하고 게으른 사람보다 가난합니다. 이 점이 또한 우리 모두의 가장 부끄러운 치부이기도 합니다.

그러나 저는 믿고 있습니다. 우리가 지금 총력을 다해 추구하고 있는 번영이 결코 어느 특정인을 위한 거나 또는 외국 관광객을 위한 전시용이 아닌, 우리 모두가 잘살기 위한 진정한 의미의 번영일진대, 여러분이 여러분의 근로에 충분한 보답을 받을 수 있는 날이 머지않으리라는 걸 믿으며 거의 기도하는 심정으로 기다리고 있습니다. 그리고 지금이 바로 그렇게 돼가고 있는 과정이라고 생각하고 싶습니다.

국부國富의 원동력은 바로 근면, 근로입니다. 안일과 게으름이 온갖 악덕의 원천인 것처럼 근로는 모든 미덕의 원천입니다. 미덕의 원천일 뿐 아니라 우리 사회의 소금이기도 합니다. 편안하고 게으르고 돈 많은 사람이 저지른 갖은 추태와 부패가 도처에 범람하는 것 같으면서도 그래도 건전하고 희망찬 맥락이 끊이지 않고 이어져가는 건 여러분의 근면과 근로가 소금의 역할까지 하기 때문이라고 저 나름대로 생각하고 있습니다.

그런 의미로도 여러분은 마땅히 긍지를 가져야 할 줄 압니다. 가장 나쁜 것은 남이 나를 얕잡는 게 아니라 내가 나를 얕잡는 것입니다. 자기를 비참하게 하는 건 환경이나 남이 아니라 제일 먼저 자기입니다. 자기를 아끼고 사랑하면 따라서 자기의 일도 사랑하게 되고 일하는 데 기쁨을 느끼게 됩니다.

기쁨이 없이 하는 노동이 비천한 것일 뿐, 이 세상에 비천한 일이 따로 있는 게 아닙니다. 왜 자기와 자기의 일을 비천하게 만들어 자신을 비참하게 만듭니까? 긍지와 오기를 가지십시오. 같은 일을 긍지와 오기를 가지고 하는 것과 죽지 못해 하는 식으로 억지로 하는 것과는 그 능률에도 차이가 나지만 일에 따르는 정신적인 보상—노동의 기쁨에 있어서도 서로 비할 바가 못 될 줄 압니다.

여러분 나이 또래의 여대생들이 발랄하고 당당한 것만큼이나 여러분은 근로하는 여성으로서 당당하고 콧대가 높을 자격이 있습니다. 자기가 자기를 소중히 알고 아낄 때 남도 나를 소중히 알고 얕보지 못하게 됩니다.

여대생 얘기가 났으니 말이지 여러분은 대부분 도중에 진학의 꿈을 포기하지 않으면 안 되었던 쓰라린 기억을 가지고 있을 것입니다. 여러분에게 열등감이 있다면 그때부터 비롯된 것인지도 모르겠습니다. 그러나 교육이 인간을 고상하게 하는 것 이상으로 근로 또한 인간을 고상하게 할 수 있다는 걸 잊지 말아야 할 것입니다.

단, 근로의 참뜻을 알고, 근로를 통해 끊임없이 무언가를 배우며, 근로를 통해 떳떳한 삶을 개척하는 한에서 말입니다. 이런 근로 여성은 여대생보다 훨씬 아름답습니다. 여러분은 여러분이 지금 얼마나 아름답고 또 앞으로 얼마든지 더 아름다울 수 있다는 걸 알아야 합니다.

골에 들은 거라곤 아무것도 없는 채 학벌이나 배지만을 코에 걸고 안일과 나태의 미래나 꿈꾸는 콧대 높은 여대생은 밉습니다. 아름답기 위해서라도 여러분은 근로의 참뜻을 인식하고 근로를 통해 이룩한 떳떳한 삶에 긍지와 자신을 가지십시오. 그런 참 아름다움은 우리 사회의 건강의 상징이며 또 어떤 훌륭한 남성도 매료시킬 수 있을 것입니다.

또 바쁜 틈틈이라도 사물을 바르게 인식하고 삶을 이해하고 사랑하기 위한 일반적인 교양과 독서에도 결코 게을러서는 안 될 것입니다. 학교공부만 열심히 한 사람이 꽉 막힌 인간이 되는 것과 마찬가지로 일만 열심히 하면 착실하되 답답한 인간이 되기 쉽습니다.

끝으로 여러분에 대한 제 마음으로부터의 사랑의 표시로 한 가지 고백을 하겠습니다. 실은 저도 대학을 못 나왔고 여러분보다 훨씬 더 비참한 노동에 종사한 적도 있었습니다.

행여 여러분에게 힘이 될까하여 그리고 여지껏의 제 말이 조금도 빈말이 아니었던 걸 강조하고 싶어 쑥스러운 고백을 드렸습니다.

그럼 안녕히 계십시오.

여권운동의 허상

자선인가 위선인가

몇 년 전쯤이던가, 아무튼 나에게 작가라는 어색한 딱지가 붙기 전이었으니 5, 6년 전쯤이 아닌가 생각된다. 어떤 여성단체가 주최하는 바자에 가본 일이 있다. 여성단체라기보다는 저명여류와 저명인사의 부인들로 구성된 클럽 같은 것으로, 이름도 영어로 된 '××클럽'이었고, 바자에도 초청장이 있어야만 들어가게 돼 있었다.

그런 초청장이 어쩌다 이리 구르고 저리 굴러 생판 인연도 없는 나에게 굴러오게 되었고, 나는 혹시 이런 데서 싸구려 물건을 살 수 있을지도 모른다는 기대와 소위 저명여류들에 대한 호기심으로 그 바자에 갔었다.

화려하게 개막 테이프를 끊고 저희들끼리 사고파는 거라 웬만한 물건이 순식간에 매진되는 것을 퍽 신기하게 바라보았던 기억이 난다. 회원들이 손수 수예품이랑 저장식품이랑 만들어 팔아 그 수익금 전액을 수재민에게 보낸다는데 당일로 매진시키기 위해 재료값도 안 되는 염가로 판다는 거였다. 가상한 일이었다.

그러나 다시 한번 생각해보면 볼수록 도저히 납득할 수 없는 이야기가 되고 만다. '바자'란 아마 이익금을 자선을 목적으로 쓰기 위한 상인 아닌 사람들의 상행위를 말하는 외래어인가본데, 이 경우는 이익은커녕 밑져서 팔아 이익금이고 원가고 따질 것 없이 몽땅 자선을 위해 쓰겠다니, 숫제 바자를 하지 말고 그들이 바자를 위해 투자한 만큼의 현금을 희사喜捨하는 쪽이 훨씬 힘도 덜 들고 실질적인 소득도 많을 게 아닌가 싶었다. 그렇게 하면 우선 떠들썩하지 않고 조용해서 좋았을 게 아닌가.

나는 도저히 납득이 안 가는 이 여류들의 행동에 내 나름의 해석을 내렸다. 필경 이 여류들은 바자라는 행사를 좋아하고 즐기고 있다고. 그리고 자선행위 그 자체보다는 자선행위의 '전시 효과'에 더 마음이 있다고 말이다.

이런 내 해석은 다분히 독선적이요, 지나치게 악랄하달 수도 있다는 걸 나는 안다. 그런데도 여기서 이 이야기를 왜 꺼냈느냐 하면 요즘의 여성운동의 양상이라는 걸 지상을 통해서 볼 때마다 나는 왠지 그때의 바자의 요란 번쩍한 모습을 떠올리지 않고는 못 배기기 때문이다.

나는 이렇게 여성운동이라는 것에 대해 미리 아주 고약한 선입관을 갖고 있고, 그런 선입관을 버리지 못한 채 이런 글을 쓴다는 것은 아무리 해도 내키지 않는 일이다.

그래서 나는 미리 내 골목에 사는 평범한 이웃 여편네들과 내 단골인 시장의 노점 아줌마들과, 내 친구인 비교적 고등교육을 받은 중류 정도의 가정주부들에게 골고루, 그들이 지금 우리나라에서 펼쳐지고 있는 여성운동에 대해 어느만큼 알고 있나를 알아볼 만큼은 성의껏 알아봤다는 것을 여기서 고백해두고 싶다.

그들은 하나같이 여성운동이라는 것에 대해 냉담했고 냉소적이었으며, 여성운동이 무엇을 하고자 하는 운동인가에 대해선 더더군다나 모르고 있었고 알려고 하지도 않았다. 생활이 어려운 여성 층일수록 그 반응이 냉소적이었다.

여권에 앞선 인권

여성운동이 대다수 여성들을 떠나서 공중에 붕 뜬 채 '쇼'처럼 펼쳐지고 있다는 것, 이게 바로 오늘날의 여성운동의 가장 큰 허점이 아닐까. 여성 사이에 전연 뿌리내리지 못한 여성단체의 존재 이유는 무엇일까. 존재할 뿐 아니라 종종 무슨 회의다 세미나다 해서 화려하게 신문지상을 장식함으로써 그 존재를 과시하기도 한다.

그러니까 여류들의 속셈이란 고작 '어떻게 하면 구체적인 무슨 일을 한 가지라도 하나가 아니라, 어떻게 하면 외부에 뭘 하는 것처럼 보일 것인가'라고 감히 말하고 싶어지는 것이다.

여류들이란 '행사'를 좋아하고 그 전시 효과에 급급할 뿐이라고 감히 말하고 싶어지는 것이다.

이렇게 여성운동에서 가장 큰 비중을 차지하는 행사나 세미나가 화려한 구호나 남발해놓고 여전히 전체 여성으로부터는 겉돌고 있다는 것은 아직은 그들의 아름다운 구호가 전체 여성의 뿌리깊은 소망과 결코 만나지지 않았다는 증거가 아니겠는가.

정확한 시기는 잘 기억나지 않으나 아무튼 근래에 다만 한국인이란 이유로 일본의 대기업인 히타치 회사의 취직 시험

에 합격은 되고도 입사는 거부된 재일교포 청년 얘기가 보도
된 일이 있었다. 분통 터지는 일이었다. 그때 여성단체에서도
흥분하고 분개하고 드디어는 히타치 제품 불매운동까지 벌이
고 또 대표되는 분이 일본에까지 갔다 온 것으로 알고 있다.

꼭 이 문제를 여성단체에서 나서서 흥분하고 동분서주할
문제인지, 또 그나마 그 덕에 그 사건으로 여류명사들이 비행
기를 타고 또 매스컴도 타면서 일본을 갔다 왔다 한 정성과
노고를 알고 있을 뿐이다.

그후 또 우리의 땅인 마산수출공업단지에서 일어난 우리
나라 여공들에 대한 일인日人들의 혹사와 만인이 공노할 추
행에 대한 보도를 접했었다. 분하다기보다는 치가 떨리는 사
건이었다.

사건의 경중이란 보는 사람의 관점에 따라 다르다 하겠으
나, 나에겐 교포 청년의 히타치 사건보다는 국내에서 일어난
일인들의 추행 사건이 훨씬 더 중대하게, 뼈아프게, 원통하게
느껴진다. 히타치 사건이 옆집 일이라면 공업단지 사건은 내
집안 일로 느껴진다. 그리고 그런 추행에 짓밟힌 이가 나이
어린 여성들이란 점에서도 마땅히 여성단체의 어떤 움직임이
있어야 했을 것 같다.

그러나 내 과문한 탓인지 별 움직임 없이 그 사건은 지나

갔다. 아니 지나간 게 아닐 게다. 다만 잊혔을 뿐, 그런 서럽고 억울한 일은 지금도 진행중일 것이다.

공업화 근대화의 미명 아래 지금도 말단 공원工員들의 인권은 짓밟히고 있고, 여공들은 여성이기 때문에 여권까지 이중의 유린을 감내하고 있다.

우선 공중에 붕 떠 있는 여성운동을 한번 우리 사회의 이런 최하층의 여성사회에 뿌리내려봄이 어떨까. 그곳에 비로소 여성운동은 여성들의 뿌리깊은 소망과 만나게 될 것이다. 그리고 여권에 앞서 인권의 문제와 반드시 부딪치게 될 것이다.

여권운동은 우선 인권이 보장되고 난 연후에 시작해도 늦지 않다고 생각한다. 우리가 여성이기 전에 먼저 인간인 것처럼, 여권의 문제는 고루 인권이 보장된 뒤에 대두되어도 좋을 문제가 아닐까.

아직은 우리나라에선 소수를 빼고는 대부분이 가난하고, 가난한 사람들이란 거의 인간답게 생활할 권리를 박탈당한 채 겨우 생존만 하고 있는 실정이다. 이러한 때, 성급하게 여권문제를 떠들어댐은 남들은 밥도 제대로 못 먹었는데 한쪽에선 디저트가 어찌구 하며 배부른 시비를 벌이고 있는 것과 흡사한 느낌이다.

'여류'들의 착각

여권과 관련된 여성운동의 하나로 아마 가장 널리 알려지고 또 모든 여성단체가 대동 단합해서 추진하고 있는 가족법 개정안만 해도 그렇다.

범여성운동으로 가족법개정촉진회까지 구성되고 있는 모양인데 일반 여성들 간에는, 상당한 지식 여성도 거기 대해서 별로 아는 것이 없다. 가족법개정안 중 그래도 가장 널리 알려진 게 여성의 재산권 문제인데, 이것도 여성운동의 공功이 아니라 아마 텔레비전 코미디 프로의 공이 아닌가 싶다. 그 문제를 즐겨 코미디의 소재로 다루고 있었다.

그런데 이 경우의 모르고 있다는 것은 무식의 소치가 아니라 무관심의 소치가 아닐까 생각한다. 대부분의 여성들은 법으로 뭐가 해결된다고 생각하지 않는다. 우린 그걸 경험으로 알고 있다. 헌법에 설마 인간 위에 인간 있고 인간 밑에 인간 있다는 조항이라도 있어서 오늘날 숱한 인권이 묵묵히 짓밟히고 있는 건 아니지 않은가.

또 해방 후 우리 여성들이 상당히 센세이셔널하게 쟁취했다고 생각되는 간통쌍벌죄로 우리 여성들은 어떤 이득을 보았단 말인가. 쌍벌죄 법조문 때문에 남성들의 혼외정사가 줄

어들었다고 생각하는 사람도, 여자가 남자와 동등한 성性의 자유를 얻었다고 생각하는 사람도 없다.

여전히 남성의 간통은 미덕까지는 못 가더라도 충분히 용서받을 수 있는 일이요, 여자의 간통은 치명적인 대우를 받았었다. 그러다가 요 근래 이런 지독한 편견이 많이 완화된 것도 쌍벌죄의 공과功過가 아니라 서구식 성도덕의 타락의 수입이 가져온 풍습의 변천 때문일 것이다. 가족법도 법으로 묶을 문제가 아니라 얼마든지 유동적일 수 있는 풍속의 문제가 아닐는지.

고소득층·상류층의 재산관리의 풍습은 공공연한 비밀로 세상에 알려져 있듯이, 가장의 사업 실패나 죽음에 대비해 미리 아내 명의로 부동산에 투자하든지 아내의 보석함을 채우든지 하는 식으로 변모 발전했다. 이만하면 가족법을 앞지른 발전이다. 또 저소득층은 아예 재산이 없으니 가족법에 몇 대 몇의 비율을 적용시키려야 시킬 대상이 없는 셈이다.

결국 가족법 중 재산에 대한 조항의 적용 범위가, 착실하게 살아 말년에 겨우 남부럽지 않은 집이나 한 채 지니고 살게 된 중류층으로 압축되게 된다. 중류층이란 가장 바람직한 층이요 가장 광범위한 층이다. 또 중류층이란 전래의 미풍양속과 서구식 개인주의적 핵가족제를 될 수 있는 대로 마찰 없이 융합시켜 가장 바람직하고 건실한 가족제도를 유지하려고 고민하는 양식良識을 가진 층이기도 하다.

이런 중류층의 자녀가 느닷없이 재산권에 눈뜸으로써 가족제도가 급속히 붕괴하는 결과를 가져올 것은 뻔하다. 사회보장제도도 없이 먼저 가족제도부터 허물어뜨려놓으면 어쩌겠다는 건가.

빗나간 초점

재산권 문제쯤은 앞으로 부부가 자녀를 둘이나 하나만 낳게 되고 또 남녀가 동등하게 교육을 받아 사회적으로 동등한 대우를 받게 되면 자연히 남녀가 이루는 풍습이 바뀌게 됨으로써 부드럽게 해결될 수 있는 문제가 아닐까.

실제로 우리는 주위에서 법이 보장한 이상의 남녀평등을 누리는 층과 그렇지 못한 층을 볼 수 있다. 생활이 안정되고 지적 수준이 높을수록 이상적이고 바람직한 남녀평등을 누리고 있고, 저소득층일수록 '여권'은커녕 인권의 의식조차 없이 살아가고들 있다.

이것만 봐도 법조문 이전에 우선 고루 인간다운 생활을 할

수 있는 사회의 실현으로 여권문제까지도 어느만큼은 자동적
으로 해결되지 않나 생각된다.

내 솔직한 소견은 과연 '여성' 자가 붙는 운동이나 단체는
있어야 하는가 하는 다분히 부정적인 것이다.

남녀가 불평등하다는 전제하에 여성운동의 명분은 서겠는
데 만일 남녀평등을 떠들썩한 여성운동을 통해 집단적으로
얻어낼 수 있다면 그것은 남자들이 여자들 하는 짓이 시끄럽
고 귀찮아서 던져준 속 빈 강정일 수도 있겠다.

똑똑한 인간이 대우받을 수 있는 사회가 실현되어 똑똑한
여자도 똑똑한 인간이 받는 대우만큼만 받고 살면 될 게 아닌
가. 우선 진정한 의미의 똑똑함이 뭔가나 알아볼 일이다.

세미나를 위해 남자들은 밤새워 주제主題 연구를 하는데
여자는 새 옷을 맞추는 게 고작인 한, 진정한 의미의 남녀평
등은 어려울 것이다.

3부

코 고는 소리를 들으며

겨울 산책

1

오늘은 참 날이 추웠다. 한눈을 팔며 종종걸음을 치다가 충무로에서 한차례 넘어지고 말았다. 빙판도 아닌 곳에서 괜히, 발이 찍 미끄러지면서 단숨에 넘어졌으면 그래도 좀 나았을 것을 나자빠질 듯하다가 바로 서면서 다시 앞으로 곤두박질을 치면서 넘어졌다.

아이들처럼 무릎까지 찧으면서 엎어진 것이다. 엉덩방아를 찧는 것보다 훨씬 우스운 모양이 되고 말았다.

지나가던 사람들이 다 웃었다. 눈 위에서 미끄러질 때 사람들이 웃으면 나도 따라 웃을 수 있는데 맨바닥에 넘어진 걸 보고 남들이 재미나 하는 데는 화가 났다. 그렇다고 동정을 해주는 것도 싫고 그저 못 본 체해주었으면 제일 고마울 것 같았다.

나는 외출만 했다 하면 꼭 이렇게 실수를 한다. 외출을 별로 좋아하지 않기 때문에 꼭 외출해서 봐야 할 일들을 미루고 쌓아놓았다가 어느 하루로 몰아 한꺼번에 일을 본다.

그러려니 자연히 시계를 보면서 종종걸음을 치게 마련이고 더러는 약속 시간을 어기기도 하고 장갑이나 푼돈을 흘리고 한두 가지 일을 빼먹거나, 산 물건을 어디 놓았는지도 모르게 놓고 들어오기도 한다. 방향 감각을 잃고 미아처럼 우왕좌왕할 적이 한두 번이 아니다.

그러나 때로는 한 용건을 마치고 다음 약속 시간까지 30분이나 한 시간쯤 남을 적도 있다. 나는 이렇게 남는 시간을 보내는 데에도 매우 서툴다. 다방 같은 데에 혼자 앉았기도 싫고 그냥 길을 슬슬 거닌다. 산책이라기보다는 아마 사람 구경이 될 것이다.

오늘은 길에 유난히 졸업생이 많았다. 석탄가룬지 먹물인지로 얼굴을 시커멓게 칠한 남학생이 헤실헤실 웃으며 몰려오는 것을 나는 처음엔 정신이 좀 어떻게 된 사람들인 줄 알고 빨리 길가로 비켜섰다. 하나같이 세로로 북북 내리찢은 교복을 입고 있었다. 뒤늦게 '아아 졸업생이구나' 하고 깨달았으나 속은 좀더 상했다.

지하도 속에 사람들이 모여 서서 재미난 듯이 웃고 있는 속을 들여다보니 거기도 졸업생들이 한 패 모여서 서로 졸업생 분장을 해주고 있었다. 땅바닥에다 손바닥을 쓱쓱 문질러서 상대방 얼굴에다 칠해주고 또 서로 교복을 여기저기 찢어주고 그래도 성이 안 차는지 쌍소리들을 하면서 땅바닥에 뒹굴어서 교복을 더럽혔다.

구경꾼들 중엔 "에미 애비도 없나, 저것들은" 하면서 눈살을 찌푸리는 사람도 있었지만 대개는 재미난 듯이 킬킬댔다. 길엔 왜 그렇게 사람이 많은지, 사람들은 왜 그렇게 웃음이 헤픈지, 재미나서 웃지도 말고, 에미 애비도 없냐는 욕도 하지 말고, 모든 어른들이 저들의 에미, 애비, 형, 누나가 되어 저들을 좀 어떻게 해볼 수 없을까도 생각했으나 생각만 좋았지 난들 뾰족한 방법이 있는 것은 아니었다.

내가 먼저 엄마나 누나가 되어 저들을 의젓하게 꾸짖거나 따귀라도 한 대 때려줄 용기가 있는 게 결코 아니었다. 왜 그들을 길러준 모교의 교복에게 그토록 오욕을 입히지 못해 하는 것일까. 왜 졸업의 해방감을 저런 방법으로 실감하려드는 것일까? 나는 그들을 이해할 수 없는 채로 다만 그들이 딱했고 어느만큼은 그들이 두렵기도 했다.

결국 나는 그들을 보고도 못 본 체 지나칠 수밖에 없었다. 나의 이 보고도 못 본 체가 과연 킬킬대는 웃음이나 욕지거리보다 나았을까? 어쩌면 내 겨울날같이 찬 무관심이 가장 나쁜 것인지도 모른다. 이런 생각을 하며 나는 졸업이니 졸업생이니 하는 것에 대해 두서없이 이런저런 생각을 했다.

2

어제는 우리 딸애가 고등학교를 졸업했다. 어제도 거의 오늘만큼 추웠는데 교문 밖엔 꽃다발 장사 아줌마가 장사진을 이루고 있었다.

그런데 딸의 학교에서는 졸업식에 꽃다발을 갖고 오는 것을 엄격히 금지하고 있어 학부형에게 보내는 초대장에도 꽃다발 지참 금지 조항이 명시돼 있었다. 그러고도 안심이 안 되는지 교문에 걸 스카우트 아이들을 세워놓아 지키게 하고 있었다. 그러니 누가 꽃다발을 사겠는가.

그런데도 어쩌자고 꽃다발 장수들은 얼굴이 시퍼렇게 질린 채 발을 동동 구르며 길을 가로막고 꽃을 자꾸 들이댄다.

나는 장사 중에서 꽃장수를 제일 좋아하지만 그때 그 장소의 꽃장수들은 너무 불쌍해서, 너무 미련해서 마구 싫은 생각이 났다.

고등학교 졸업생들에게 너무 화려한 화환을 주는 것도 꼴 불견이지만 그까짓 카네이션 한 송이 달아주면 또 어때서 꽃다발을 저렇게 몹시 단속할 건 뭔가 하고 학교의 각박한 처사도 싫은 생각이 났다.

나는 될 수 있는 대로 꽃장수들을 보고도 못 본 체, 목석 같은 얼굴로 걸었는데도 어떤 악착같은 꽃장수 아줌마에게 붙들리고 말았다. 나는 어찌할 바를 몰라 이따 졸업식 끝나고 나오다 사마고 애걸을 했다.

아줌마가 관대하게 웃으며 나를 놓아주었다.

졸업식이 거행되는 동안 너무너무 추웠다. 나는 아이들이 여럿이라 졸업식이니 하는 것도 여러 번 겪었는데 그때마다 어찌나 추위가 심했던지 기억나는 일은 그저 떨었다는 일뿐이다. 소한 대한 추위보다 더 단수가 높은 추위로 졸업 추위 입시 추위를 두어야 한다는 말도 수긍이 간다.

나는 졸업식이 거행되는 동안 내내 발을 동동 굴러 추위를 참으며 꽃장수가 정말 나를 기다리면 어쩌나 하는 근심을 했다. 이 추위에 나를 기다렸다면 꽃 한 송이 사주는 것만 갖고는 안 될 것 같았다. 박스 속에 촘촘히 들은 꽃들을 다 사줘야 할 것 같았다.

나는 라면 박스를 들고 졸업한 딸을 데리고 어디로 식사를 하러 갈 생각을 하니 기가 막혔다. 그러나 고맙게도 꽃장수들은 교문 밖에 한 사람도 없었다. 나는 안도의 숨을 내쉬었지만 오늘 장사가 너무 안 됐을 꽃장수들 일을 생각하니 가슴이 찡하며 우울해지고 말았다.

길에서 졸업생들의 추태를 보니 다시 꽃장수들 생각이 나고, 내년엔 꽃다발들이 다시 생겨나고 대신 저런 추태가 없어졌으면 하고 간절히 바라지는 걸 어쩔 수 없었다.

나는 이렇게 사람 구경을 하면서 정처도 없이 걷다가 어느 큰 종합병원 앞에 이르렀다. 나는 느닷없이 그 병원에 친밀감을 느꼈다. 한 번도 거기서 진찰을 받아보거나 문병 간 일이 있는 것도 아니고, 아는 의사가 있는 것도 아닌데도 그랬다. 나는 내가 느낀 친밀감의 근원으로 거슬러올라갔다. 그러고는 고소苦笑를 금할 수가 없었다.

3

어제 졸업한 딸애가 졸업 이틀 전에 대학에 입학원서를 제출했는데 지망 학과가 의예과였던 것이다. 그러니까 원서만 제출했지 합격은커녕 시험도 치르기 전인데 나는 요 며칠을 딸이 의사가 되는 일에 대해 이것저것 근심도 하고 기대도 했던 것이다. 그리고 벌써 병원에 대해, 의사라는 것이 대해, 친밀감까지 느꼈던 것이다.

자식이라는 게 뭔지 부모들에겐 때로 이런 엉뚱한 데가 있다.

앰뷸런스가 기분 나쁜 소리를 지르며 병원 문으로 들어갔다. 나는 좀더 의사라는 직업에 대해 생각했다. 아플 때는 하느님 같다가도 보통때 의사를 생각하면 그저 돈 많이 버는 직업쯤으로 알았던 게 자식에 당해선 그렇지 않았다.

더군다나 의사가 되려면 의과대학에 우선 합격도 해야겠지만 사람을 홀라당 뒤집어 그 안쪽을 속속들이 들여다봐야 할 것을 생각하니 진저리가 쳐지면서 공포감이 엄습했다.

우리는 사람의 외면 중에서도 얼마나 아름답게 치장된 부분만 보며 사는 것일까. 나는 내 자식들이 다 사람의 인생의 세상의 아름다운 부분, 착한 부분만 보며 살기를 원한다. 다른 것도 아닌 사람의 육체의 내면을 본다는 것은 얼마나 끔찍하고 소름끼치는 것일까? 내 자식이 그것을 감당할까.

설사 감당할 수 있다손 치더라도 아들도 아닌 딸애는 그 어려운 일을 감당해 어쩌겠다는 것일까.

나는 막연히 두려웠고 지망 학과를 지금이라도 바꿀 수는 없을까, 그 문제를 제법 진지하게 생각한다. 그러면서도 여전히 병원과 의사에게 친밀감을 느낀다.

빌딩 사이 공터에 버스가 서있다. 임진각행이라고 씌어져 있는데 아무도 탄 사람은 없다. 빈 버스 속이 추워 보인다.

나는 그것을 하마터면 탈 뻔하다가 다음 볼일까지 몇 분 안 남았음을 깨닫고 주춤한다. 시내에는 여기저기 이 임진각 관광이란 버스가 많고 나는 그걸 볼 때마다 이상한 그리움으로 가슴을 설레며 탈 뻔하다 말기를 몇 번째인지 모른다. 요 다음엔 아주 마음먹고 그 버스만을 타기 위해 나와야지 하면서 아직 한 번도 그래보지를 못했다. 그러니까 나는 아직 임진각이란 데를 못 가본 것이다. 그리고 나는 임진각이 그리운 게 아니라 임진강이 그리운 것이다.

겨울방학 때마다 나는 기차 타고 임진강을 건너 고향인 개성으로 내려갔었더랬다. 이맘때는 임진강 위에 집채만한 또는 멍석만하거나 방석만한 성엣장이 둥둥 떠다닐 때다. 아아 나는 그 백색의 유빙들이 지금도 있는지, 그게 보고 싶은 것이다.

어릴 때 기차 차창으로 그 성엣장을 내려다볼 때마다 나는 그 성엣장을 징검돌처럼 깡충깡충 뛰어서 임진강을 건널 수 있을 것 같은 자신이 있었다.

내 생전에 다시 임진강을 건너 고향에 가볼 날이 있을까.

어느 날이고 꼭 이렇게 추운 겨울날, 저 버스를 타고 임진각이란 데를 가보리라, 거기서 임진강이 보일까?

다시 낯선 거리로 접어든다. 얼마 전까지도 못 보던 큰 건물이 있는데 호텔이다. 조금 가다 또 호텔이 있다. 나는 춥고 지쳐 있다.

문득 손바닥에 차고 매끄럽고 예쁜 키가 쥐어졌으면 하는 공상을 해본다. 저 호텔 중 아무 호텔이라도 좋으니 아무튼 호텔방 하나가 내 게 되는 것이다. 겨울엔 난방이 되어 있고 여름엔 냉방이 돼 있고, 언제나 나만의 것이고 그게 내게 주어진 데 아무런 조건도 없다.

나는 아주 가끔만 그곳에 갈 것이다. 정말로 혼자이고 싶을 때, 혼자이고 싶은 걸 참을 수 없을 때만 그곳에 갈 것이다.

이 도시에서 완전히 내가 혼자일 수 있는 나만의 방을 갖는다는 건 얼마나 신나는 일일까.

그러나 내 손바닥에 그런 키가 있을 리 만무하다. 나는 좀

더 헤매다 어느 다방에 가서 마시기 싫은 커피를 또 한잔 마시고 용건을 마치고 그리고 집으로 돌아갈 것이다.

뭐니 뭐니 해도 내 집, 내 방만큼 아늑한 곳도 이 도시엔 없을 것이다.

고추와 만추국晩秋菊

고추를 살까 말까 하면서 며칠을 보냈다. 이웃에서 고추를 사서 꼭지를 따고 배를 갈라 말리면서 고춧값이 자꾸 오른다고 귀띔을 해준다. 그럴 때의 이웃 여자는 어느만큼은 의기양양해 있기 일쑤고 이쪽은 초조할밖에 없다. 나도 고추를 사서 꼭지를 따면서 의기양양해지고 싶지만 한창 오르는 통에 샀다가 만약 값이 내리면, 그 고약한 기분은 또 어쩔까 싶어 망설였다. 망설이면서 고춧값이 내리기를 기다리는 셈이었다. 그러다가 귓전에 주워들은 뉴스에서 고추가 흉작이라 수입을 해들인다는 걸 알았다.

"어머머, 그까짓 걸 좀 덜 먹지, 수입을 해. 주식도 아니고 그까짓 거 좀 덜 먹는다고 죽나."

나는 공연히 혼자 화를 냈다. 그러나 나는 그날 오후 고추를, '그까짓 고추를' 사러 나가고 말았다. 한 근에 680원씩 달라고 했다. 추석 전에 5백 원씩에 사서 몇 근 빻아 먹은 일이 있는 나는 너무 많이 오른 것 같아서 이 가게 저 가게 기웃대며, 재채기만 수없이 하고는 그냥 돌아오고 말았다.

설마 더 오를라구, 더 오르면 누가 먹어주나봐라―어쩌구 오기까지 부려가면서 말이다.

그 오기가 사흘이 못 갔다. 나는 또 고추를 사러 나갔다. 이번엔 750원 달라고 했다. 나는 오기는커녕 기가 팍 죽어서 고추장수를 외경畏敬으로 우러렀다.

올 1년 내내 나는 그렇게 살았다. 물건값이 오른다는 정보에 어둡고, 오르는 걸 보면 괜히 오기가 나고, 그래서 물가쯤은 초월한 사람처럼 있다가 오른 다음에 가슴 아파하면서, 물가 당국을 원망하면서, 상인을 존경하면서, 오른 값으로 사 먹고, 사 쓰고 살았던 것이다.

나는 매운 먼지가 가득찬 고추가게 한 귀퉁이에 초라하니 기대서서 심히 피로함을 느꼈다. 아낙네들이 한 떼가 몰려와 고춧값을 묻고, 고추를 만져보고, 비춰보고, 부대 깊숙이 팔을 넣어 밑의 것을 끄집어내보고 법석을 떤다.

나는 그것을 멍하니 지켜봤다. 구경스러울뿐더러 저 아낙네들 하는 대로만 따라 하면 틀림없을 것 같은 생각이 들어서였다. 드디어 상인과 아낙네들과 흥정이 시작된다. 7백 원에 하자느니 750원에서 한푼도 덜 받을 수 없다느니, 아낙네들은 전투적이고, 상인은 바위처럼 확고부동하다. 나는 흥미진진한 싸움을 지켜본다. 승부가 판가름 난 다음에 즉시 이긴 쪽에 덤으로 끼어들 비열한 자세로.

그러나 승부는 이상한 방향으로 흐지부지되고 말았다. 한 아낙네가 도매시장으로 가자고, 여기서 두어 정거장만 더 가면 경동시장인데 고추나 채소는 거기가 제일 싸다고 했다. 그럼 그러자고 아낙네들이 우르르 몰려나갔다. 가게 주인은 흥하고 코웃음을 치면서 붙들려고도 안 했다. 나는 나도 모르게 그 아낙네들 뒤를 따랐다. 나는 그 아낙네들이 전투적이고 싱싱한 게 마음에 들었고 믿음직스러웠다.

나는 버스를 타자고 했으나 아낙네들은 몇 푼이나 싸게 살지도 모르면서 미리 버스부터 탔다가 차비를 어디서 빼려고 그러느냐고 나를 경멸했다. 나는 다시 한번 이 아낙네들을 미더워하며 터덜터덜 뒤따랐다. 도중에 두 군데나 지하철 입구가 그 고혹적인 입을 벌리고 있었지만 우린 걸었다.

경동시장이라는 데는 고추도 많고, 밤도 많고, 더덕이니 고

사리니 하는 산채도 많았다. 모든 것이 너무너무 많아서 싸려니 싶은 게 저절로 신이 났다. 그러나 여기서도 근당 7백 원이라고 했다. 도매상이니까 단 십 원도 에누리는 안 된다고 했다. 그래도 아낙네들은 끈덕지게 값을 깎아 690원까지 흥정이 됐다.

나는 속으로 큰 횡재라도 하는 것 같았다. 나 혼자 우리 동네서 사는 것보다 근당 60원이나 싸니 그게 어딘가 싶었다. 열다섯 근을 샀다. 그리고 재빨리 9백 원은 벌었구나하고 생각했다. 기분이 좋았다. 좀더 일찍 샀더라면 3천 원은 벌었으리라는 시시한 생각 같은 건 안 했다.

오는 길에도 버스도 안 타고 지하철도 안 탔다. 이미 그 아낙네들과 뿔뿔이 헤어져 있었지만 순전히 내 자유의사로 그렇게 했다. 내가 벌은 9백 원을 축내기가 싫어서 그렇게 했다.

집 근처까지 와서 고추 보따리를 내려놓고 쉬는데 리어카에 국화분을 가득 실은 꽃장수도 쉬고 있었다. 아니, 쉬고 있다기보다는 거기서 손님을 기다리고 있었다.

"구경하시고 하나 들여가십쇼. 화원보다 싸게 해드립니다. 직접 받아오는 거니까요."

꽃장수의 유혹이 싫지 않다. 꽃송이가 잔다란 놈, 탐스러운 놈, 줄기가 곧게 뻗은 놈, 철사를 타고 멋지게 늘어진 놈, 덜 핀 놈, 잔다랗게 꽃봉오리만 진 놈, 그리고 그 여러 가지 빛깔. 나는 눈을 가느스름히 뜨고 마냥 행복해졌다.

"어떤 걸로 들여가실까요?"

보다못한 국화장수가 나에게 여러 국화분 중 어느 하나를 선택할 것을 일깨워준다.

이것도 예쁜 것 같고, 저것도 예쁜 것 같고 그래서 어리둥절, 우두망찰을 하고 만다. 그럴 땐 장사꾼한테 골라 달랄 수밖에 없다.

"아저씨 어떤 게 좋을까요? 난 노란빛을 좋아하는데, 아니 보랏빛도 좋아해요. 빨강, 참 빨강빛도 아주 좋아해요. 저기 저 흰 국화도 예쁘네요."

이래 놓으니 웬만한 국화장수라면 나를 그만 상대도 안 할 법한데 이 국화장수는 그렇지 않다. 콩알같이 작고 단단한 파란 꽃봉오리가 수없이 달린 국화분을 가리키면서,

"아주머니 이걸로 하십시오. 이건 만추국이라고 아주 늦게야 피는 겁니다. 아마 크리스마스 때나 활짝 필걸요. 무슨 빛깔이냐고요? 그건 저도 모르죠. 이렇게 꽃봉오릴 꽉 다물고 있는 걸 어떻게 압니까. 그렇지만 꼭 아주머니가 좋아하는 빛깔로 필 겁니다."

나는 그걸 1천5백 원이나 주고 샀다. 꽃장수는 친절하게도

집에까지 갖다주고, 물을 너무 자주 주면 일찍 피어버릴 테니 사흘에 한 번씩만 주라고 일러줬다.

내가 사온 고추를 보고 이웃 부인들은 근수를 좀 속은 것 같다고 했지만 나는 다시 달아보진 않았다. 나는 그날 꼭 9백 원을 번 것으로 생각하고 싶었다. 꼭지 따서 잘 말려서 빻아다가 항아리에 넣어놓으니 김장을 반쯤은 한 것 같다. 김장을 해넣고 나면 나의 만추국이 필 테지. 나는 이래저래 흐뭇했다.

한가해진 김에 신문을 뒤적이다보니 군용차에서 휘발유를 빼돌리다 불이 나서 차와 집을 태우고 어린이가 셋이나 죽은 사건이 눈에 띈다. 화곡동에서 일어난 일이다. 화곡동이라면 요전에도 보일라공에 의해 어린 3남매가 무참한 죽음을 당한 곳이다. 둘 다 돈 때문이다. 나의 친정어머니도 화곡동에 사신다. 나는 오랜만에 문안 겸 어머니께 전화를 드렸다. 안부 말씀 드리고 나서 요새 화곡동에서 끔찍한 불상사가 자주 있으니 밤이나 낮이나 문단속 잘하시라고 여쭈었다. 그랬더니 어머니는 내 말을 어떻게 알아들으셨는지 조금 화를 내시면서 끔찍한 일은 결코 화곡동에서만 난 게 아니라고, 무슨무슨 사건은 어디서 났고, 어떤어떤 흉악범은 어디서 어떻게 했고— 올 1년에 일어난 흉악범의 이름서부터 발생한 장소까지를 놀라운 기억력으로 줄줄 말씀하시는 게 아닌가.

나는 노인네의 이런 주책스러운 기억력에 울컥 혐오감을 느꼈다. 그래서 어머님 말씀을 듣는 둥 마는 둥 대강대강 전화를 끊었다. 끊고 나서도 영 기분이 안 좋았다. '웩, 웩' 지난 1년을 토해내고 싶었다. 목구멍에 손가락을 넣고라도 토해내고 싶었다. 그러나 무슨 재주로 사람이 집어먹은 세월을 다시 토해낼 수 있단 말인가.

나는 결코 세월을 토해낼 수는 없으리란 걸, 다만 잊을 수 있을 뿐이란 걸 안다. 내 눈가에 나이테를 하나 남기고 올해는 갈 테고, 올해의 괴로움은 잊힐 것이다.

나는 내 망년忘年을 화려하게 장식하기 위한 만추국을 갖고 있으니 얼마나 다행인가. 뭐 포인세티아라든가 하는 서투른 서양 이름이 아닌, 이름도 의젓한 만추국이 화려하게 만개할 즈음 나는 내 한 해를 보내고 그리고 잊어버릴 것이다.

우리 동네

우리집으로 들어오는 골목 어귀엔 리어카 위에 흰 포장을 친 '뻥튀기' 장수가 있다. 온종일 뻥튀기를 뻥뻥 튀긴다. 흰 포장에는 서투른 글씨로 '한국팽창식품주식회사'라고 써 있다. 처음엔 선명한 검은 글씨였는데 흰 포장이 때묻은 것과 함께 부우연 글씨로 퇴색했다. 그만큼 이 회사에 연륜이 쌓인 셈이다. 그러니까 뻥튀기 장수는 사장님이다. 우리 골목의 주인공 중 제일 지위가 높다. 아니지 참, 제일은 아니다. 또 한 분 사장님이 계시다. 그 사장은 까만 승용차를 갖고 있다. 차고가 따로 없는 그 까만 승용차는 뻥튀기 리어카 옆이 주차장이다. 차고뿐 아니라 이 사장님은 집도 없다. 우리 골목에서 제일 큰 양옥에 월세로 방 한 칸을 얻어들고 있다. 집뿐 아니라 사무실도 공장도 없는 그냥 사장님이란다. 그래도 아주 그럴듯한 회사 이름을 갖고 있는데 간판을 걸 데가 없어서 명함에만 박아 가지고 다닌단다. 이 승용차만 있는 사장님은 매일 다방으로 출근을 한다. 이렇게 우리 골목에는 사장님이 두 분, 그리고 아마 전무나 상무도 몇 분 있을 테고 공무원도 교사도 있고 장사꾼도 있다.

본래는 제법 고래등같은 기와집만 있는 동네였는데 요즈막에 이런 한옥이 드문드문 헐리고 2층 3층 양옥이 들어서는 바람에 그만 고래등같은 기와집이 게딱지처럼 초라해지고 말았다. 양옥집에 사는 사람은 2층에서 남의 기와집 속 안방까지 들여다볼 수 있고, 그래서 기와집에 사는 사람은 신경질을 있는 대로 내면서 언제고 한번 돈을 왕창 벌어서 기와집을 헐어버리고 슬래브 양옥집을 짓고 말겠다고 이를 간다.

이런 우리 동네의 서쪽은 산이다. 본래는 산이었지만 지금은 빈틈없이 집이 다닥다닥 붙어 있으니 산동네다. 이 산동네가 또 재미있다. 루핑이나 함석를 덮은 판잣집이 대부분이었는데 요새는 붉은 벽돌의 2층 연립주택이 많이 생겼다. 그러나 아직도 골목은 미로처럼 좁고 꼬불탕꼬불탕하고 연립주택 그늘엔 판잣집이 그대로 남아 있다. 이 주택은 시에서 시멘트랑 벽돌을 거저 줘서 지었다고 하는데 그런 혜택이 누구에겐

가고 누구에겐 안 가는지 그것까지는 자세히 모르겠다. 아무튼 연립주택 때문에 판잣집들이 한층 초라해 보일 뿐이다. 초라해 보일 뿐 아니라 당장 안전도가 의심되는 위험 건물이 많다. 그런데도 서너 집 건너마다 텔레비전 안테나가 높이 솟아 있다. 축대가 손가락이 드나들 만큼 금이 간 채 허물어져가고, 지붕에 루핑은 누더기처럼 해진 집 속에도 텔레비전은 있는 것이다. 이 집 가장이나 주부의 살림 솜씨가 형편없나보다. 참 밉다.

이 산동네에 올라서면 이 산동네의 품에 삼태기에 담긴 듯이 안긴 우리 동네가 한눈에 들어온다. 원래는 고래등같은 기와집의 아름다운 동네였다. 그러나 지금은 우뚝 솟은 양옥 사이에서 이 빠진 자국처럼 밉다. 엉터리 사장님들의 허풍까지를 포함한 이런저런 추함들이 바로 우리 근대화의 한 모습일는지도 모르겠다.

도시 아이들

동네 골목이나 유원지 같은 데 아이들이 모여서 노는 걸 보는 것은 즐거운 일이다. 저희들끼리 하는 짓이 너무 약고 되바라지고 세련된 도시적인 아이들보다는 어딘지 모르게 시골뜨기스러운 아이들한테 더 정이 간다.

여기서 내가 시골뜨기스러워 보인다는 건 외모나 옷차림이나 말씨 같은 게 아니라 속에서 풍기는 우직함, 단순함, 천진함 같은 걸 말한다.

나도 국민학교 적부터 서울서 자라서 순 서울 토박이한테 시집 와서 아이를 낳아 기르면서도 내 아이가 남보다 똑똑해지기보다는 아까 말한 의미의 시골뜨기스러워지길 바라며 또 그렇게 기르노라고 애까지 써가며 길렀다. 그러나 그게 그렇게 맘대로 되는 게 아니라는 걸 아이들을 내리 기를수록 알게 된다. 큰애보다는 다음 애가 더 되바라지고 다음 애보다는 다음 애가 더 약아빠지고, 저절로 이렇게 되고 만다.

내가 굳이 아이들의 유형을 도시형과 시골형으로 구별하고 시골형 아이들에게 별난 애정이랄까 향수랄까 이런 걸 갖고 있는 데는 꽤 그럴 만한 이유가 있고, 또 그런 편애가 어제오늘 비롯된 게 아니라 아주 역사(?) 깊은 것이다.

나는 두메에서 읍이나 면 소재지도 못 나와보고 여덟 살까지 자랐다. 그러다가 어느 날 갑자기 서울로 끌려와 국민학교에 입학했다. 그때 본 서울 애들이 너무나 똑똑하고 예뻐 보여 내가 위축되던 기억은 지금도 생생하다. 그런 애들하고 나하고 친구가 될 것 같지가 않았다. 또 입학하고 처음 일주일쯤은 엄마들이 따라오는데, 그때 서울 엄마들은 트레머리나 '히사시까미'라는 이상한 머리 모양을 하고 있는데 우리 엄마는 쪽을 찌고 번쩍번쩍하게 다듬이질한 흰 옥양목 치마저고리를 입고 있는 게 멀리서도 그렇게 잘 눈에 띌 수가 없었다.

창피해서 저런 엄마는 안 따라왔으면 싶으면서도, 엄마까지 없으면 그 엄청난 고독감을 견딜 것 같지가 않았다. 게다가 나는 동네 친구도 없었다. 같은 학교에 다니는 동네 친구가 있으면 빨리 사귀게 되는데, 우리 동네 아이들은 다 우리 동네에 있는 학교를 다니는데 나만이 문둥이가 득시글거린다고 일컬어지고 있는 산을 하나 넘는 매동국민학교에 다녔다.

그때는 국민학교도 시험 치고 입학하던 때였고, 지금의 학구제처럼 그 국민학교에서 시험을 치르려면 그 국민학교 근처 동네에 살아야 된다는 제한이 있었다.

그런데 나는 영천에 살면서도 주소를 누상동에 사는 친척집으로 옮겨가지고 매동국민학교에 시험을 친 것이다. 우리 어머니가 시골 부인답지 않게 그 시절로서는 대단한 교육열이어서 영천보다는 문안에 있는 학교를 다녀야 한다고 지금으로 치면 학구제 위반을 한 것이다.

그때는 서울을 사대문 안과 사대문 밖으로 나누어 문안, 문밖이라 부르며, 집값의 격차로부터 갖가지 차별이 있었다.

그래서 나는 서울에 오자마자 가뜩이나 어리둥절한데 두 가지 주소를 외워가지고 다니지 않으면 안 되었다. 학교에서 물어보면 대답할 주소와 길에서 혹시 집을 잃어버리면 대답할 진짜 주소와.

그것은 나이 어린 시골뜨기 계집애에겐 적지 아니 고통스러운 부담이었다. 엄마는 늘 그 둘을 행여나 헷갈리는 일이 있으면 큰일난다고 일러줬고, 그럴수록 나는 꼭 그걸 헷갈리고 말 것 같아 겁이 났고 동네서고 학교서고 친구가 없어 외로웠다.

서울 애들은 영원히 저희 끼리끼리만 놀지 나 같은 건 붙여줄 것 같지가 않았다. 그런 느낌은 죽고 싶도록 절망적인 것이었다.

그러다가 뜻밖에 친구가 하나 생겼다. 그것도 아주 예쁘고 똑똑해서 선생님이 귀여워하고 교단에 올라가서 봄이 왔다는 일본 노래를 독창까지 한 애가 내 친구가 돼주었다.

걔는 내 짝이었는데 고무나 연필을 교실 바닥에 떨어뜨리면 나더러 주워달래고, 걸상을 책상 위에 얹는 일도 나더러 해달랬고, 나는 걔가 해달라는 대로 다 해주었다. 반 애들이 내가 걔 '꼬붕'이라고 했지만, 나는 꼬붕의 뜻을 잘 몰라서 아무렇지도 않았다.

어떤 때는 운동화를 한 짝 벗어서 한 발로 오랏말처럼 저만치 차 던지고 주워오라고도 했다. 아무리 시골뜨기지만 자존심이 상하는 일이어서 시무룩하게 있으면 운동화가 없는 한쪽 발을 쳐들고 한 발만 갖고 깽깽발을 치면서, 아이고 다리야, 아이고 다리야 하며 엄살을 떨면 집어다주지 않을 수가 없었다.

앙증맞고 깨끗한 도시 아이의 흰 양말에 흙이 묻지 않도록 하고 싶었던 내 심정은 예쁜 인형을 아끼는 마음과도 비슷했지만 비굴한 것은 아니었다.

그 예쁜 애는 친절하게 소근소근 속삭여서 재미있는 얘기를 할 적도 많았다. 한번은 학부형회가 있었던 날인데, 우리 엄마는 우리 엄마답게 제일 촌스러웠고 걔 엄마는 걔 엄마답게 예뻤다. 놀라운 것은 너무도 젊은 거였다.

나는 나도 모르게 탄성을 발하고 "느네 엄마는 참 예쁘다. 너는 어쩌면 그렇게 느네 엄마를 닮았냐"고 했다.

그러나 그애는 좋아하지 않고 이상한 웃음을 웃었다. 그러더니 내 귀에다 대고 속삭였다. "내가 무슨 말 하나 해줄게 너 아무한테도 말하면 안 돼, 알았지?" 했다. 나는 가슴을 다 두근대면서 절대로 말 안 하겠다고 맹세를 했다. 그래도 그애는 못 믿겠다는 듯이 내 새끼손가락과 자기 새끼손가락을 걸고 흔들면서 종알종알 주문 같은 걸었다. 주문이라야 별것은 아니었다. 그때 우리 아이들 사회에서 유행하던 것으로 이 약속을 안 지키면 무슨무슨 벌을 받는다는 기괴하고도 황당한 것이었지만 어린 마음에 상당히 두려운 것이기도 했다. 나는 엄숙하게 다시 한번 절대로 아무한테도 말 안 한다고 맹세를 했다. 그제야 그 아이는 입을 내 귀에다 대고, 저 여자는 자기 친엄마가 아닌 의붓엄마고 친엄마는 쫓겨났고 의붓엄마는 '빠아'에 다니던 나쁜 여자라고 했다. 나는 빠아가 뭐 하는 데냐고 물었더니 그것도 모르냐고 아주 나쁜 데라고만 했다. 그리고 다시 한번 아무한테도 말하지 말라고 했다.

이렇게 해서 생전 처음 나는 아무한테도 말하면 안 되는 엄청난 비밀을 가지게 된 것이었다. 그건 부담스럽기도 했지만 흐뭇한 것이기도 했다. 나는 그 비밀을 통해 그 예쁜 애와 영원한 우정이라도 맺어진 것처럼 느꼈다. 실상 나는 그전까지는 그애가 나와 너무 맞지 않게 예쁘고 세련됐기 때문에 언제고 날 버리고 딴 애와 친해질 것 같아 조마조마했던 것이다.

그런데 나는 그 빠아라는 데가 뭐 하는 덴지 그게 궁금해 영 참을 수가 없었다. 그래서 어느 날 엄마에게 그 빠아라는 데 대해서 물어봤다. 엄마는 가르쳐주기는커녕 그런 못된 소리를 어디서 들었느냐고 야단야단치면서 그 소리를 들은 곳을 대라고 했다. 나는 그애와의 엄숙한 맹세를 생각하고 입을 열지 않았다. 엄마는 나중엔 매까지 들면서 그 빠아라는 소리를 어디서 들었는지를 알아내려고 했다. 요즈음 상식으론 상상도 안 되는 소리지만 그땐 그랬던 것이다. 그래도 나는 끝까지 입을 열지 않았다.

나는 그 비밀 때문에 매까지 맞고도 그애가 나에게만 그 비밀을 가르쳐줬다는 걸 감사했고 거기 무슨 보답을 하고 싶어했다. 마치 값진 선물을 받고 그것의 반값이라도 되는 걸로 보답을 하고 싶어 고민하는 만큼이나 진지하게 그 문제를 궁리했다.

마침내 나는 나도 그애에게 내 비밀을 가르쳐주리라 마음 먹었다. 내 비밀이란 다름이 아니라 주소가 두 개라는 거였다. 실제로 사는 주소를 속이고 이 학교에 들어오기 위해 가짜 주소를 썼다는 엄청난 비밀을 이 아이에게 고백할 것을 결심했다.

나는 그 아이가 나한테 했던 것과 똑같이 새끼손가락을 걸고 주문을 외고 나서 그애의 귀에다 대고 그 말을 했다. 말을 하고 나서 다시 한번 아무한테도 말하지 말라고 부탁하고 만일 그 사실이 탄로가 나면 이 학교에서 쫓겨날지도 모른다는 소리까지 덧붙였다.

그러고 나니 빚이라도 갚은 것처럼 속이 후련할뿐더러 이제야말로 나와 그애는 떨어질 수 없는 단짝이 되었다는 걸 느꼈다.

그러나 웬걸, 그 다음날로 내가 영천 사는 아이란 소문은 파다하게 퍼졌다. 영천 사는 아이는 또 괜찮았다. 감옥소 동네에 사는 아이라는 거였다. 아이들이란 순진한 것 같으면서도 악마처럼 악랄하고 잔혹한 데가 있다. 알라리 꼴라리 누구누구는 감옥소 동네에 산단다, 매일매일 전중이(죄수)만 보면서 산단다, 하고 반 아이들이 손뼉을 치면서 나를 놀렸다.

나는 우리 동네에 있는 제일 큰 집이 죄인들을 가둬두는
데라는 건 알았지만, 그 동네 산다는 것까지 부끄러운 일이
된다는 건 처음 알았고 당황할 수밖에 없었다. 선생님까지 내
가 누상동이 아닌 영천에 산다는 걸 알게 되어 쫓겨나면 어쩌
나 근심스럽기도 했다.

그러나 뭐니 뭐니 해도 가장 큰 타격은 그 예쁜 애의 배신이
었다. 손가락 걸기도, 맹세도, 주문도, 귓속말도, 어쩌면 그렇게
겁도 없이 외눈 하나 까딱 안 하고 배신할 수가 있었을까.

나는 그때 학구제 위반으로 쫓겨나는 일도 안 당했고, 아
이들의 놀림도 곧 가라앉았지만, 그때 그 얄쌍한 전형적인 서
울 계집애의 배신이 안겨준 상처는 어린 내가 감당하기엔 너
무도 큰 것이었다. 나는 학교가 다니기 싫어서 차라리 쫓아내
주었으면 싶었고, 아무리 기다려도 안 쫓아내길래 선생님께
우리집이 이 학교 관내가 아닌 영천이란 말씀까지 드렸다. 나
로선 대단한 용기였다. 선생님은 그러냐고 말할 뿐 놀라지도
않았고 그후 아무런 조치도 취해주지 않았다.

그해 여름방학에 시골에 내려가니, 서울선 그렇게 시골뜨
기 같던 내가 시골 친구들한테는 서울뜨기로 보였던지 슬슬
들 피했다. 얼마나 얼마나 보고 싶은 친구들이었는데.

그러나 나는 곧 그 구역질나는 서울뜨기 티를 털어버리고 그리운 친구들과 어울릴 수 있었고, 개학이 되어도 다시는 서울 안 가겠다고 떼를 썼다. 엄마는, 아니 서울 그 좋은 3층집 학교를 마다하고 이 두메 구석 초가지붕 간이학교 다닐 거냐고 야단을 치면서 나를 억지로 끌고 서울로 왔다.

개학해 다시 학교로 온 나는 그 계집애와 다신 친하지 않았고, 물론 그 계집애의 심부름 같은 것도 안 했다. 나는 그 계집애를 깊이깊이 미워했고 깊이깊이 경멸했다.

그후 여지껏 서울에서 사는 서울 사람이지만 그때 그 서울 계집애에 의해 눈뜬 사람 보는 눈—그것은 다분히 옹졸한 편견일 가능성이 많다—은 여지껏 못 버리고 있다. 아이들을 좋아하지만 너무 약고 똑똑하게 겉으로 바라진 애는 괜히 싫고, 어른끼리 사귈 때도 너무 세련되고, 사교적인 사람에겐 정이 안 가고 경계심을 먼저 품게 되고, 어느 한구석이라도 시골뜨기스러움이 엿보이면 사귀어도 좋을 것 같은 신뢰가 간다.

그리고 남들이 학벌 내세우기를 좋아하는 것만큼이나 나는 내가 시골 출신이라는 걸 내세우기를 좋아한다. 그러나 나에게 얼마만치 시골뜨기성이 남아 있느냐는 나도 잘 모르겠다.

요새는 아무리 두메산골에 가도 외모가 시골뜨기인 사람

은 많아도 내가 원하는 그 우직, 단순한 시골뜨기성이 내면으로부터 풍기는 사람을 만나기는 힘들다.

하물며 도시 한복판에서랴.

그러니까 내 시골뜨기성에의 그리움은 돌아갈 수 없는 고향에 대한 향수 같은 걸 거다.

내 어린 날의 설날, 그 훈훈한 삶

우리는 많은 것을 잃고 있다

내 어린 시절의 시골집 안방은 늘 부숭부숭하고 훈훈했지만 구들목이 직접 뜨끈뜨끈하게 달아오르는 일은 좀체 없었다.

그런 구들목이 1년에 딱 한 번 버선발도 못 대게 달아오르는 날이 있다. 섣달그믐께 엿을 고는 날이었다.

어머니와 숙모님이 청솔가지를 밤새도록 지피면서 큰 가마솥의 엿물을 졸인다. 엿이 다 고아질 동안이란 아이들이 기다리기엔 너무도 긴 동안이다. 아이들은 부엌을 들락날락 보시기나 탕기에 엿물을 얻어다가 그 단맛을 미리 즐긴다. 그 시절의 시골 아이들에게 단맛처럼 감질나는 맛은 없었다.

엿물을 얻으러 나갈 때마다 몇 밤 자면 설날이냐고 묻는다. 어머니는 귀찮은 듯이 손가락을 세 개쯤 펴 보인다. 엿물을 핥으며 어머니 흉내를 내, 손가락 세 개를 펴보면 그렇게 많아 보일 수가 없다. 한꺼번에 자고 깨고 싶다.

엿이 다 고아지기 전에 우선 큰 항아리로 하나를 퍼낸다. 그게 조청이다. 개성 사람들은 특히 조청을 많이 한다. 서울 사람처럼 인절미에 찍어먹기 위해서가 아니다. 찹쌀가루를 많이 장만해놓았다가 손님이 오시면 즉석에서 경단을 빚어 펄펄 끊는 물에 익혀내가지고 아무 고물도 묻히지 않고 그대로 조청에다 졸여낸다.

군맛이 전혀 없이 달게 잘 고아진 수수엿에다 굴려낸 참경단의, 어린 혓바닥이 녹아버릴 것 같은 감미는 설의 미각의 추억 중에서 으뜸가는 추억이다.

다 고아진 엿은 그대로 반대기를 만들어 보관하기도 하지만 절반 이상은 강정을 만든다. 미리 마련해놓은 밥풀 튀긴 것, 콩 볶은 것, 땅콩 깐 것을 엿과 버무려 반대기를 만든다. 모양은 둥글둥글하고 두툼하고 푸짐하다. 집의 아이들의 주전부리거리와 세배 오는 친척 아이들의 세찬 상을 위한 거다.

그러나 점잖은 손님용은 좀 다르다. 흰 깨와 흑임자를 따로 볶아 강정을 만드는데 콩가루를 묻혀가며 얇게 밀어 마름

모꼴로 썰어낸다. 달고 고소하고 품위도 있다.

이렇게 만든 강정은 큰 독 속에다 간수했던 것으로 기억된
다. 몰래 훔쳐 먹을 궁리를 하며 바라다본 큰 독은 어른 한 길
도 넘게 커 보여 어린 마음에 슬픈 절망을 맛보았지만, 사촌
들하고 무등이라도 타고 훔쳐낼 작정으로 막상 큰 독을 공격
해보니 우리의 한 길도 안 되는 게 생각할수록 이상했었다고
기억된다.

어린 마음에 또하나 이상했던 건 설날 먹는 떡국이 우리집
떡국하고 동네 집 떡국하고 다른 거였다.

개성 떡국은 조랑떡이라고 해서 서울 떡국처럼 가래떡을
썬 게 아니고, 잘 친 흰떡을 더울 때 가늘게 밀어 차게 허리를
잘룩하게 누르고 잘라낸 것이 꼭 누에고치를 축소해놓은 것
같았다.

우리는 대대로 내려오는 개성 토박이가 아니라 할아버지
가 유년 시대에 개성으로 이주한 얼치기 개성 사람이었다는
데 할아버지는 무엇 때문인지 매사에 당신이 서울 사람이란
티를 내지 못해 했다. 그래서 남들이 다 하는 조랑떡을 못하
게 하고 꼭 가래떡을 하게 했다.

그렇지 않아도 어린 눈에 남의 떡은 커 보이게 마련이라,
그 조랑떡이란 게 굉장히 맛있어 보이다가도 동네 집에 세배

가서 얻어먹어보면 집의 떡국 맛과 별로 다르지 않아 실망하기도 했었다. 세배 가면 으레 세찬 상이라고 설음식을 고루 갖춘 상이 나왔지만 세뱃돈을 주는 일은 없었다. 우리집은 개성 시내에서 20여 리나 떨어진 벽촌이어서 가게라는 게 없었고 따라서 나는 여덟 살 때 서울 오기까지 돈을 몇 번 보긴 보았지만 그 씀씀이에 대해 아무것도 알고 있질 못했다.

정월 초사흘만 지나면 할머니 어머니 들은 세배 손님 치르기에서 어느 정도 해방된다. 비로소 어머니들이 나들이할 차례가 돌아온 것이다.

어머니들이 제일 먼저 가는 나들이는 무당집 나들이였다. 혼자 가는 게 아니라 동네 아낙네들이 거의 함께 몰켜서 간다. 정초에 가는 무꾸리를 샛무꾸리라고 했는데 아마 새해 무꾸리가 아닌지 모르겠다.

개성엔 무당집과 무당들이 받드는 제신諸神이 함께 모여 사는 덕물산이라는 무속의 본산이 있다. 그 덕물산으로 무꾸리를 가는 것이다.

지금도 눈에 선하다. 무명에 분홍, 옥색, 남색 등 소박한 빛깔의 물을 들여 솜을 둥덩산처럼 둔 바지저고리 설빔을 한 아녀석들이 얼어붙은 논바닥에서 팽이를 치는 황량한 겨울 들판을 가로질러, 무꾸리 가는 흰옷 입은 아낙네들의 모습이.

내 기억으론 그 시절의 그쪽 아낙네들은 아무리 설이라도 울긋불긋한 옷을 입은 것 같지 않다. 새댁이면 또 몰라도 서른만 넘으면 흰색 아니면 옥색의 무명옷에 빳빳하게 풀을 먹여서 뻗혀 입었었다.

무꾸리 가는 아낙네들은 양손을 행주치마 밑에 넣고 머리엔 한두 되가량의 곡식 자루를 이고 간다. 개성 여자들은 뭐든지 머리에 이길 잘한다.

여름에 길 가다 발이 답답하면 버선을 홀떡 벗어서 반절로 접어 머리에 이고 양손을 휘두르며 간다. 물동이는 물론, 볏단, 나뭇짐, 곡식, 과일 등 장정 남자가 지게로 지고 끙 하고 한번 안간힘을 써야 일어설 분량을 너끈히 이고도 오히려 고개와 양손은 자유롭다. 손으로 머리에 인 것을 잡는 법이 없다. 고개를 자유자재로 휘둘러 구경할 것 다 한다. 그러니 한두 되 정도의 곡식을 인 아낙네들의 걸음걸이는 날아갈 듯할밖에, 그러나 절대로 서두르지 않는다. 해방감을 만끽하며 이야기를 즐기며 간다. 이야기는 무당집 안방에서도 계속된다. 무당집 안방이야말로 그 고장 아낙네들의 광장이다.

자기 차례를 기다리지도, 서두르지도 않아도 자기 차례는 돌아오고 차례가 되면 가져온 곡식을 놓고 무꾸리를 한다. 시조부모님, 시부모님, 남편, 시동생, 시누이, 아들딸 차례차례

하나도 안 빼먹고 생월 생시 하나 안 잊어먹고, 고루 신령님께 여쭈어본다.

누가 출세할 것도, 일류 학교에 들어갈 것도, 큰돈 벌 것도 바라지 않는다. 다만 식구들 몸이나 성할까, 언제 시누이 시집 갈까, 궁금한 건 그 정도다. 다 보고 나서도 가지 않는다. 구들장은 따습고 이야기는 무궁무진하다.

점심때가 되면 무당집에선 단골들을 위해 떡 벌어진 점심상을 차려낸다. 엄마 치마꼬리에 묻어가서 얻어먹은 무당집 조랑떡국처럼 맛난 설음식을 어디서 다시 먹어보랴.

시골뜨기 서울뜨기

시골 잔치 구경

뭔가 모르게 우울하게 지내던 어느 날, 시골에 사는 친척으로부터 맏아들 결혼식에 와달라는 초대를 받았다. 전연 예기치 않은 결혼에의 초대가 나에게 이상하리만치 신선한 기쁨과 감동을 안겨주었다.

시골이래야 서울에서 시간 반이면 갈 수 있는 강화도요, 강화에는 전등사가 있어 몇 번 가본 일이 있지만 친척집에 들른 적은 한 번도 없었다. 그렇지만 강화에 산다는 친척들은 서울에 올 적마다 우리집에 들렀고 묵어가는 적도 있었다. 그럴 때마다 그들은 강화에 한번 놀러오라고, 강화엔 전등사란

절도 있거니와 친척만 해도 20여 가구가 살고 있으니 며칠이라도 심심찮게 소일할 수 있을 거라고 했다.

그런 그들에게 나는 내가 이미 몇 번이고 강화에 가봤다는 말을 할 수가 없었다. 그들은 강화까지 와서 그까짓 절이나 보고, 바닷가나 거닐고 친척집은 그냥 지나치는 나를 전연 상상도 하고 있지 않았으므로 그런 말은 그들에게 어떤 배신감을 줄 것 같아서였다.

이렇게 이쪽에선 무심히 시들하게 대했다고 할 수도 있는 친척들의 생활에 나는 별안간 강렬한 호기심을 느꼈다. 그것은 어떤 명승지의 절경의 유혹보다 더 가슴 설레는 것이었다.

그렇다고 시골생활에 새삼 목가적인 꿈을 가질 만큼 철없었던 것은 아니다. 다만 도시인이라면 싫건 좋건 숨쉴 수밖에 없는 각박한 정치적 경제적 현실을 어느만큼은 외면하고도 살 수 있는 시골생활, 사모관대와 족두리가 있는 결혼식 광경은 상상만 해도 유쾌했을 뿐이다.

나는 기온이 급강하한 날 아침, 신촌에서 강화행 시외버스를 탔다. 버스가 도시권을 벗어나 김포 가도를 달리자 나는 서울에 다시는 안 돌아오기라도 할 듯이 '에잇 지긋지긋한 놈의 고장' 하면서 멀어져가는 서울에다 대고 힘껏 삿대질까지 한번 했다.

읍내 차부에 친척 중의 한 사람이 마중나와 있었다. 그러나 그가 앞장서 안내한 곳은 신랑 집이 있는 호박골이란 마을이 아니라 차부에서 빤히 바라다보이는 예식장이었다. 낡고 협소한 이층 건물 회색빛 담벼락에는 그날 짝지어질, 무려 일곱 쌍이나 되는 신랑 신부의 이름이 적힌 흰 종이가 바람에 을씨년스럽게 펄럭이고 있었다. 예식장은 2층이었고 계단 밑에 접수가 있었다. 접수 앞을 그냥 지나치기가 뭣해서 준비한 축의금을 내놓았으나 나는 뭔가 좀 서운했다. 왜냐하면 나는 그 축의금을, 혼인 잔치를 총지휘하랴 폐백 받을 준비하랴 허둥지둥 바쁜 신랑 어머니에게 직접 넌지시 건네주게 될 줄 알았다. 그리고 신랑 어머니가 "와준 것만도 고마운데 뭘 이런 것까지……"로 시작해서 구수한 너스레를 한바탕 떨면서 치마를 홀러덩 걷고 융바지에 달린 자루만한 속주머니에 그것을 간직하는 모습을 보기를 원했었다.

비좁은 식장에선 이미 결혼식이 끝나고 사진을 찍으려는 시간이었다. 순백의 웨딩드레스를 입은 어린 신부 옆에서 엄숙한 얼굴로 굳어 있던 신랑 어머니가 내 모습을 발견하더니 셔터를 누르려는 사진사를 급히 제지하고 다짜고짜 내 손목을 잡아끌어 가족사진의 일원으로 끼워주었다. 나는 좀 난처했지만 신랑 어머니의 단호한 태도에 질려 고분고분 굴 수밖에 없었다.

말이 가족사진이지 일가친척을 총망라한 대 친족 사진이어서 사진사를 애먹이고 있었다. 더 우스운 것은 그 많은 사람들이 다 신랑 쪽 친족이고, 신부 측 친족의 사진 촬영은 신랑 측이 끝난 다음 따로 한다는 거였다. 양가가 같이 찍으려도 너무 인원이 많아 그렇게 할 수밖에 없다는 거였다. 가족이란 개념 자체가 도시하곤 달랐고, 그래서 나는 차츰 따숩고 즐거운 기분에 휩싸이기 시작했다.

십 리가 지척이던 시골이었는데

식이 끝나고 신랑 집으로 가는데 제각기 다투어 택시를 불러 타고 합승을 하는 광경도 재미있었다. 나는 허허한 겨울 들판을 걷고 싶다고 생각했으나 동행이 없었고, 요기서 조긴 줄 아느냐, 십 리나 되는 데라고, 누구나 십 리를 강조하며 걷는 걸 만류했다. 어려서 시골서 자란 나는 그때의 시골 사람의 거리감으로 십 리쯤이 얼마나 지척이란 걸 기억하고 있기 때문에 시골도 참 많이 변했구나, 많이 잘살게 됐구나 생각할 수밖에 없었다.

삽시간에 읍내 택시란 택시는 싹 쓸어 호박골을 향해 흙먼지를 일으키며 줄달았다. 같이 합승한 친척들이 자못 자랑스럽게 신랑 집이 얼마나 잔치를 잘 차렸냐를 나에게 들려주었다.

떡을 다섯 가마나 하고 돼지를 두 마리나 잡았다고 했다. 나는 웃으면서 "다섯 말이겠죠" 하고 정정을 했다. 그 친척은 큰잔치에 그까짓 다섯 말을 누구 코에다 붙이냐고 한사코 다섯 가마니를 주장했다. 나는 할 수 없이 그냥 웃었고, 그 친척은 자못 자랑스러운 듯 으스댔다. 나는 속으로 아마 한 가마쯤은 했나보다고 생각을 고쳐하기 시작했고, 또 우리 친척이 이 고장에선 떵떵거리고 사는 부잔가보다고 생각되어 흐뭇하고 약간 으쓱하기도 했다.

그러나 당도한 신랑 집은 칸살이 좁은 방이 두 개밖에 없는 낡은 초가집이었고 부엌이랑 헛간이랑 그 밖에 해놓고 사는 게 30여 년 전 십 리쯤은 지척으로 알던 시절의 우리 시골 마을의 집들과 조금도 다를 바가 없었다.

신랑 집의 혼란과 소요는 이루 말할 수가 없었다. 돼지우리가 있는 뒤뜰에 차일을 치고 임시로 마련한 숙수간에는 두 개의 드럼통에 막걸리가 철철 넘치고, 돼지비계를 썰어 접시에 담는 남자들이 엉겨붙는 사람들을 뭐라고 고래고래 악을 써서 쫓아내며 세도가 당당했다. 한 접시 더 달라커니 그 방엔 아까 한 접시 들여보낸 걸 번연히 아는데 더 달라면 어떡하나느니, 대강 그런 소리였다.

다섯 가마 떡쌀의 풍요와 그 이면

추운 날인데도 마당이고 헛간이고 추녀 끝이고 멍석을 깔고 상만 하나 갖다놨다 하면 사람들이 악머구리 끓듯 몰켜들고 여기저기서 악들을 쓰고 했다. 이웃집 방까지 얻은 모양으로 앞문 뒷문으로 음식을 담은 목판이 줄줄이 빠져나가고, 손자를 서넛씩 데린 할머니들이 염치불고 방으로 밀고 들어왔다.

도저히 발 들여놓을 틈이 없는데도 손님들은 꾸역꾸역 밀어닥치고 신랑의 부모는 그저 싱글벙글 누구든지 어서 오라고 환영을 했고, 가는 사람은 한사코 못 가게 붙들었다. 그런데도 그게 조금도 인사치레 같잖고 마음으로부터 우러나는 진심으로 보이니 기가 찰밖에 없었다. 나는 사람들 사이에서 숨도 못 쉬게 짓눌리며 이런 신랑네 부모를 경이와 약간의 공포로 지켜볼 수밖에 없었다.

참 모를 사람들이었다. 신랑의 부모는 손님들에게 그런 볼

편한 대접을 하면서도 조금도 미안쩍어 하거나 조바심하는 기색이 없이 의젓하고 여유마저 있어 보였고 손님들 역시 그런 불편을 당하면서도 짜증은커녕 끊임없이 우스갯소리를 주고받으며 흥겹고 만족해 보였다. 그들의 그런 여유는 어디서 오는지 나는 차라리 끔찍한 느낌이 들었다.

그 많은 사람들이 운이 좋으면 상에서 먹고, 서서도 먹고, 엉거주춤하고도 먹고, 끊임없이 먹고, 먹은 사람도 또 먹고 또 먹었다.

먹을 수 없는 굳은 떡은 치마폭에 쏟으면 쏟았지 상에 음식을 남겨 내보내는 법이 없었다. 새로 먹으러 들어오는 손님은 있어도 먹었다고 물러나는 손님은 없었다.

신랑의 부모는 무한한 여유가 있는 마술의 방이라도 가진 사람처럼 손님들을 무한정 청해들이고, 손님들은 손님들대로 무한한 여유가 있는 뱃속을 간직한 사람들처럼 먹고 또 먹었다.

나는 신랑의 누이뻘 되는 소녀에게 이 사람들이 도대체 언제까지 먹다가 갈 거냐고 물었다. 그녀는 태평스레 웃으며 큰 잔치니까 이런 법석이 며칠 갈 거라고 했다. 나는 비로소 다섯 가마니의 떡쌀을 믿게 됐다.

그러나 처음 다섯 가마니의 떡쌀 소리를 들었을 때 받은 그 풍요하고 흐뭇한 느낌 대신, 지겨운 궁상이 연상되는 걸 어쩔 수 없었다.

벽 헐고 들여놓은 색시 세간

신랑 어머니의 각별한 배려로 나도 상을 받을 수는 있었지만, 꽤 시장한 속에도 먹을 만한 음식은 없었다. 떡국은 너무 오래 끓여 국물이 꺼룩하고 떡점은 끈적거렸고, 인절미 경단은 뺏뻣이 굳어 있었고 돼지고기는 덜 삶아서 핏기가 가시지 않은 비곗덩이였다. 그렇지만 나는 그걸 먹을 수 없는 나를 도저히 아니꼬워서 못 참아주겠다는 기분인가 하면, 맛있는 척 억지로 먹어주는 내 위선과 인내도 아니꼬워서 못 참아주겠는데 실로 묘한 기분이었다.

신랑 어머니가 시장할 텐데 어서 먹으라고 했다. 딴 사람들도 요새 서울서는 밀가루 섞은 가짜 떡국이나 먹어봤지 이런 순쌀로 한 진짜 떡국을 어디 가서 먹어봤겠느냐고 많이 먹고 더 먹으라고 나를 격려 고무했다. 나는 그런 격려에 힘입어 귀한 진짜 떡국을 한 그릇 거뜬히 비웠다.

별안간 밖이 와자지껄하더니 색시 집으로부터 세간받이가

왔다고 야단들이었다. 사람들의 눈이 기대로 빛나고 너도 나도 큰길까지 나가 세간받이를 마중했다.

나는 비로소 앞으로 신혼부부가 거처할 건넛방을 들여다보았다. 분홍 꽃무늬 벽지로 도배를 새로 한 평반 정도의 좁은 방이었다. 그런데 삼륜차에 실려온 장롱은 집채만했고, 화장대는 또 따로 있었다. 나는 큰일났다 싶은 생각이 났다. 우선 내 키도 약간은 수그려야 들어갈 수 있게 낮은 여닫이문으로 그 장롱이 들어갈 성싶지가 않았다.

그렇다고 아직도 시집 장가 안 들인 아들딸을 한방에 수두룩이 데리고 있는 시부모니, 안방을 내줄 수도 없는 처지였다.

그러나 세간받이를 맞은 시부모나 친척 동네 사람들은 세간이 크고 번들거리는 것만 좋아서 환성을 지르고 부러워하고 며느리 잘 본다고 칭송도 하느라 도무지 정신들이 없었다. 나 혼자 조마조마 견딜 수가 없었다. 바로 이웃 동네 색시라면서 미리 방 형편을 알아보고 거기 걸맞게 세간을 해오는 요량도 없다니, 저게 무슨 주책이요 망신일까 싶어 안절부절못했다. 고와 보이던 색시가 별안간 미련퉁이로 보이기까지 했다. 그러나 정작 시부모는 얼마든지 여유가 있는 마법의 방을 가진 분들같이 태연하고 다만 행복해 보였다.

아니나 다를까 세간은 문을 통과하지 못하고 걸렸다. 누군

가가 자못 유쾌한 소리로 문지방을 뜯어내고 옆 기둥도 빼내라고 했다.

쾅쾅 망치 소리가 났다.

한두 잔씩 받아 마신 막걸리에 얼근하게 취한 신랑 어머니가 춤을 덩실덩실 추었다.

장롱을 위해 집을 허는 망치 소리가 흥겹게 울리고 잔치의 흥은 드디어 절정에 달했다.

나는 시골뜨기라고 생각했으나

사람들은 모두 부러운 듯이 한마디씩 했고 곧 삼동네 사동네로 이 신나는 소문은 퍼지리라. "아무개네 새 며느리는 어찌나 큰 장롱을 해왔는지 글쎄 한쪽 벽을 헐어내고 들여놨대" 하고.

나는 저녁때쯤 그 집을 하직했다. 집에다는 하룻밤 자고 오마고 하고 떠난 길이었는데도 그렇게 했다. 신랑 어머니가 그 어려운 나들이 해가지고 하루도 묵어가지 않는 법이 어디 있느냐고 한사코 붙들고 늘어졌다. 나는 시부모 모시고 있는 몸이 어디 그럴 수 있느냐고 능청을 떨었다. 모든 사람이 나를 칭송하고 나를 놓아주었다. 순쌀로만 한 떡, 시어머니께 맛뵈라고 한 보따리 싸주기까지 했다. 너무 많이 싸주어 십 리를 걸어나오는 동안 어디다 던져버리고 싶도록 무거웠지만 차부까지 잘 가지고 왔다.

겨우 막차를 타고 서울의 불빛이 가까워지자 그렇게 반가 울 수가 없었다. 버스가 휘황한 도심으로 빨려들자 나는 아침 나절 도시를 빠져나가면서 느끼던 것과 똑같은 자유로움을 느꼈다.

나는 나를 시골뜨기라고 생각하기를 좋아했었다.

특히 세련되고 교양 있는 사람 앞에 느끼는 소원감, 화려 한 장소나 사교적인 모임에서 남과 잘 어울리지 못하고 촌닭 같이 빙충맞게 구는 것 등이 다 내 뿌리깊은 시골뜨기성 때문 이라고 생각했었다.

그렇다고 그걸 부끄럽게 알고 지내왔다기보다는 오래 간 직하고 싶은 소중한 걸로 알고 지내왔었다. 그런데 이번에 강 화 나들이를 다녀오고 나서는 그런 내 시골뜨기성에 대한 자 신마저 없어져버렸다.

나는 제대로 된 시골뜨기도 못 되고 딱 바라진 서울뜨기도 못 되고 얼치기쯤 되는가보다.

내가 싫어하는 여자

나는 살림을 잘하는 여자를 좋아하지만 지나치게 잘하는 여자는 안 좋아한다. 이를테면 깨끗한 걸 너무 좋아해 쓸고 닦고 털고 닦고 온종일 그 짓만 하고, 밤엔 몸살을 앓는 여자를 보면 딱하다못해 싫은 생각이 든다.

앉은자리와 둘레가 깨끗하다는 건 참 기분 좋은 일이지만 깨끗한 게 지나치면 오히려 불안하다. 남이 불안할 만큼 비와 걸레를 들고 다니며 앉은자리에서 조금만 움직이면 그 자리를 훔치고 머리카락도 집어내고 하면 불안해서 그 집에서 쉴 마음이 안 난다. 집에 들어가면 내 집이건 남의 집이건 우선 몸과 마음이 편하고 싶다. 깨끗한 것도 좋지만 남이 불편하고 불만해할 만큼 깨끗한 것에만 상성인 여자는 딱 질색이다. 비질·걸레질 따위가 다 여자의 보람이 될 수 있는 건 비질 걸레질로 집안이 깨끗해지면 가족이나 방문객이 기분이 좋아지고 편해지기 때문일 게다. 그러니까 비질·걸레질로도 남을 행복하게 할 수 있기 때문일 게다. 그렇지 못한 비질·걸레질은 마멸磨滅에 이바지할밖에 없는 그냥 비질·걸레질일 수밖에 없으니 아무리 여자라도 뭐 섬길 게 없어서 허구한 날, 아니 일생을 비질·걸레질 따위나 섬기고 사느냐 말이다.

또 내가 안 좋아하는 살림 잘하는 여자 중에 너무 알뜰한 여자가 있다. 한푼에 바들바들 떨며 가계부에 흑자를 내고, 비밀스런 자기의 예금통장이 있고, 옷은 어느 시장이 싸고, 과일은 어디가 싸고, 생선은 어디가 싼가에 틀림이 없고 박식해서 동네 구멍가게에서는 하다못해 알사탕 한 봉지 안 사는 것까지는 좋다. 그런 여자를 보면 믿음직스럽고 의지하고 싶기조차 하다. 내남없이 사람 사는 게 아슬아슬한 곡예처럼 느껴져, 사는 데 무섬증을 느끼다가도 그런 여자를 보면 우리의 삶이 딛고 선 든든한 주춧돌같이 느껴져 안심스럽다.

그런데 그런 여자가 어느 날 느닷없이 의기양양해지면서 제 자랑을 늘어놓는다. "글쎄 어젯밤에 내가요, 앞 구멍가겟집 설탕을 몽땅 도리했다우. 구멍가게라면 비싸다고 두부 한 모 안 사던 여편네가 웬일이냐구요? 호호 모르는 소리 말아요. 때로는 구멍가게가 엄청나게 쌀 적도 있다구요. 글쎄 그 구멍가겟집 멍청이 영감이 밤에 갑자기 설탕값이 50퍼센트나 오른 것도 모르고 졸고 앉았길래 내가 시침 뚝 따고 몽땅 사버린 거라고요. 어때요? 내 수지 맞추는 솜씨가." 이렇게 되면 등골에 한기가 돌면서 그 여자가 싫어진다. 알뜰한 건 미덕이지만, 수단·방법 안 가리고 알뜰한 건 악덕에 속할 것 같다.

전화나 서신으로 결혼의 청첩을 받고 축의금 때문에 안달을 떠는 여자는 참 귀엽다. 몇백 원이라도 돈을 덜 들여보려고 요리조리 궁리 끝에 손수 귀여운 선물을 마련하는 여자는 더욱 귀엽다. 그러나 청첩장을 받고 부잣집에서 온 거면 허둥지둥 분수에 넘치는 축의금을 마련하고, 권세 있는 집에서 온 거면 감지덕지 허공에다 대고 굽실대기까지 하며 더더욱 엄청난 축의금을 마련하고, 가난한 집에서 온 거면 우선 '가정의례준칙도 모르나, 요새 세상에 청첩장은 무슨 놈의 청첩장' 하고 눈살부터 찌푸리고 나서 갈까 말까를 망설이고 요행 갈까로 낙찰을 본 후에도 약소한 축의금을 그것도 발발 떨며 마련하는 여자는 참 보기 싫다. 여자들까지 부익부빈익빈에 알뜰하게 이바지할 게 뭐냐 말이다.

친구들끼리 모인 자리에서 자기 남편 자랑을 하는 여자는

그래도 어느만큼은 귀엽지만 자기 남편 얘기를 최고급의 존
댓말을 써서 하는 여자는 싫다. "애, 이거 우리 아빠가 미국
들어가 계실 때 부쳐주신 거란다. 원체 눈이 높으셔서 물건
고르시는 데는 뭐 있으시다구. 요새 나와 계셔서 모시고 있으
려니 옷 입는 것까지 신경이 써져서 큰 시집살이란다." 친정
아버지 얘긴가 하면 그게 아니라 자기 남편 얘기다. 듣기 싫
다못해 구역질이 난다. 이런 여잘수록 꼭 미국이나 구라파로
들어간다 하고 한국으로 나온다고 한다. 어디가 외국이고 어
디가 모국인지 얼떨떨해진다.

　낮에 한창 바쁜 시간에 대문을 흔들어 나가보면 두어 명
혹은 서너 명의 복장도 단정한 여자들이 친한 친구처럼 반색
을 하며 잠깐 시간을 내달란다. 어정쩡해하는 사이에 주인보
다 먼저 안으로 들어서서는 예수를 믿으라고 권한다. 말세의
징후를 하나하나 열거하고 지금이 바로 그 말센데 곧 심판의
날이 올 테고 예수를 믿는 사람만이 구원을 받아 죽음도 고통
도 없는 세상을 살게 되리란다. 죽은 후의 천당을 말하는 게
아니라 이 세상에서 곧 그런 일이 난다는 것이다. 그러고는
얄팍한 책을 내놓고 사라고 한다. 거기 모든 궁금증을 풀어주
는 해답이 있단다. 이런 여자들 끈덕지기가 보통 서적 외판원
뺨칠 정도다. 남의 시간 같은 건 아랑곳도 안 한다. 그런 여자

들이야 영생을 누릴 테니 시간 같은 건 안 아깝겠지만 난 그렇지 못하겠기에 그런 여자들이 지껄이는 소리를 듣고 있는 시간을 참을 수 없다. 가만히 보면 그런 여자들은 매일 그러고 다니고 있으니 집안 꼴은 뭐가 될까 딱하기도 하다.

난 불교고 예수교고 믿는 사람을 좋아하지만 광신자는 싫다. 무당집 단골보다 더 싫다. 그런데 무당집 단골도 광신자도 대개 여자인 게 이상하다면 좀 이상하다.

여자와 맥주

우리집 그(남편)는 소주의 애용가지만 제일 더운 복중에만은 맥주를 즐겨 마신다. 저녁에 집에 들어와 목욕하고 마루에 앉아서 맥주잔을 기울이는 걸 보면 뱃속까지 시원해지면서 불현듯 나도 한잔 마시고 싶어진다.

그래서 컵을 들이대고 한잔 달라고 하면 여자가 술은 무슨 술이냐고 핀잔을 주면서 맥주병을 뒤로 감춘다. 그럴수록 나는 걷잡을 수 없이 그게 마시고 싶어져서 한잔만 달라고 거의 안달을 하다시피 한다. 한참 안달인지 애교인지를 떨어야 겨우 한 컵 주기는 주는데 어떻게 기술적으로 따르는지 맥주는 한 모금도 안 되고 거품만 부걱부걱 넘치게 따라준다. 그렇게 인색할 수가 없다.

그런데 딸들이 옆에 있으면 달라지 않아도 너희들 맥주 한 잔 안 하련? 하면서 자기가 먼저 권한다. 나는 그의 젊은 세대에 대한 아부근성이 미워서 당신 어쩌자고 딸들에게 벌써 술을 가르치느냐고 항의를 한다. 그러면 그는 맥주도 술인가, 청량음료지 하면서 능청을 떤다.

맥주란 편리한 것이어서 내가 마시면 술이 됐다가 딸들이 마시면 청량음료가 됐다가 한다. 어쩌면 편리한 건 맥주가 아니라 그의 여자에 대한 편견일지도 모르겠다. 자기 아내는 과거의 편견 속에 가두어두고 싶지만, 딸들만은 자유롭게 길러 우리 아빠 최고란 소리를 듣고 싶은 모양이다.

나는 요새 여대생들이나 젊은 여자들이 맥주를 술로 취급하고 마시는지 청량음료인 줄 알고 마시는지 그걸 잘 모르겠다. 그렇지만 여자가⋯⋯, 어쩌구 하면서 여자가 맥주 마시는 경우만 시끄럽게 논의되고 짓궂게 꼬집히는 건 부당하다고 생각한다.

피로를 풀고 담소를 곁들인 즐거운 자리에서 나는 여자니까 하고 구태여 잔을 사양해야 할 까닭은 없다고 생각한다. 그러나 맥주가 음료의 한계를 지나 서서히 알콜기를 발휘할 때쯤은 나는 여자니까 하는 것으로 자제력을 발휘하는 건 아주 중요한 일인 줄 안다.

이건 내 편견인지는 몰라도 길에서 몹시 취한 남자는 그래도 참고 봐주겠는데 몹시 취한 여자는 정말 못 봐주겠기에 하는 소리다. 여자의 주정의 모습에는 남자의 그것엔 없는 특이한 추태가 있으니 제발 조심할지어다.

여자와 남자

몇 년 전 어느 잡지사의 요청으로 명동의 환락가를 순례한 적이 있다.

맥주 홀, 고고 클럽, 주간 다실 야간 살롱, 대폿집, 볼링장 등 주로 젊은이들이 많이 모이는 곳을 다녀보고 나서 여성 전용 다실이란 데를 가보았다(이 여성 전용 다실은 그후 곧 폐업당했다).

소문에 의하면 그 다방에선 주로 여자 재수생들이 모여서 끽연을 즐긴다는 것이었다. 과연 남자는 한 명도 없었고 배지는 안 달았지만 차림은 여대생인 아가씨들 판이었다. 들어가긴 들어갔지만 나의 연령이나 복장이 그들과 너무 안 어울려 나는 몸 둘 바를 몰랐다. 그렇지만 늙었어도 여잔 여잔데 저희들이 설마 내쫓기야 할라구 하는 배짱으로 나는 자리를 잡고 커피를 시켰다.

장내를 휘둘러보니 여자애들이 내던져진 것처럼 아무렇게나 앉았고 한쪽 벽엔 알랭 들롱의 패널 사진이 똑같은 게 여남은 데나 걸려 있는 게 이 금남의 집에 특이한 외설스러운 분위기를 조성하고 있었다.

소문대로 담배를 피우는 여자애도 있었지만, 내가 놀란 건 끽연보다는 차라리 그 비할 데 없는 방종스러운 분위기였다. 나는 그날 별의별 환락장을 다 기웃대봤으므로, 남자 여자가 어울린 방종의 모습은 지겹도록 구경했던 터였다.

그러나 이 금남의 집에서 여자들끼리만의 방종스러움에 비하면 아무것도 아니었다. 한마디로 치마끈을 풀어놓은 여자들처럼 개개풀린 모습으로 함부로 뒤섞여 야한 소리를 주고받고 몸가짐을 한껏 망측스럽고 버르장머리 없이 뒹굴리고 있었다.

나는 화장실이 아닌 모든 곳에서 남자와 여자가 자연스럽게 섞여 있는 모습을 좋아하고 또 그게 마땅하다고 생각한다. 사람은 늙으나 젊으나, 주위의 이성의 눈을 의식하는 게 사는 즐거움도 되지만, 이성의 눈이 견제의 역할까지 함으로써 인간이 지킬 최소한의 예절이랄까 절도랄까를 지키면서 살게 되는 게 아닐는지.

곧 바캉스 시즌이 된다.

이럴 때 우리 어버이들은 장성한 딸이 여자친구끼리만 여행을 떠난다면 안심을 하고 남자가 섞인다면 펄쩍 뛰는 경향이 있는데 외견상의 문제로 쉽사리 안심도 근심도 하지 말 것이다. 안심하고 귀한 딸자식 치마끈 풀러 내놓고 있는지도 모르지 않는가?

여자와 춤

나 같은 사람이 야외에 나가면 밥 지어 먹고 나서 하는 게 남 노는 것 구경하는 게 고작이다.

요새 젊은 사람들이 추는 춤은 거의 고고(GoGo)다.

보고 있으면 고고처럼 편한 춤도 없는가 싶다.

그저 몸의 아무 곳이나 흔들고 있으면 고고로 알아주니 말이다.

아마 허리가 아프거나 등에 물것이 들어서 몸을 비틀어도, 저만치서 노는 패거리 눈꼴이 사나워서 주먹질이나 발길질 시늉을 해도 고고로 알아줄 거다.

손발의 처리는 아무렇게나 하고 엉덩이와 아랫배만을 파도치는 것처럼 격렬하게 흔드는 고고가 있는가 하면 손끝 발끝 머리끝의 신경이 살아서 섬세한 경련을 일으키는 것같이 추는 고고도 있고, 무르팍만을 사시나무 떨듯 추는 고고도 있다.

얼굴이 각양각색인 것만큼 추는 모습도 각양각색이다.

그런대로 보고 있으면 즐겁다.

젊고 건강한 육체라면 으레 갖고 있을 춤추고 싶다는 욕구가 격식에 구애되지 않고 자연스럽게 발로된 춤이 야외에서의 고고가 아닌가 싶다.

내가 여기서 굳이 야외에서의 고고라고 못 박은 건 어두운 고고 클럽 같은 데서 밀집해서 기를 쓰고 추는 고고와 밝은 야외에서의 고고는 그 양상이 사뭇 다르기 때문이다.

딸들이 수학여행을 갔다 왔다든가, 친구끼리 놀러갔다 와서 고고를 춘 얘기를 해도 크게 걱정할 건 없을 줄 안다.

요새 젊은 애들이 고고춤을 한 번도 안 춰봤다면 그게 도리어 수상하다.

그러나 나이 지긋한 아주머니들이 한복 입고 열심히 고고를 추려고 그러는 걸 보면 민망해진다.

올봄이었던가 희끗희끗한 머리를 쪽찐 시골 아주머니들이 얼큰하게 취해가지고 빈 소주병에다 스테인리스 숟가락이나 젓가락을 꽂은 걸 양손에 쥐고 흔들면서 리듬을 맞춰가며 열심히 고고의 흉내를 내고 있는 걸 본 일이 있다. 보고 있노라니 딱하다못해 괜히 슬퍼졌다. 서투른 고고 몸짓 밑에 더 익숙한 니나노 가락이 배어 있었고 그게 그렇게 슬퍼 보일 수가 없었다.

차라리 니나노를 추었으면 얼마나 보기가 좋았을까.

고고가 아름답게 보이는 건 젊음의 리듬과 자연스럽게 일치하는 경우에 한해서가 아닐까.

틈

김장을 한 피곤 때문일까, 좀처럼 잠이 오지 않는다. 천여 장의 탄이 있고 김장까지 해넣었으니 이만하면 다리 뻗고 잘 만도 한데 말이다.

담배를 몇 대 연거푸 태우던 남편이 먼저 잠이 든다. 나는 그의 거침없이 코 고는 소리를 들으며 고작 천 장의 연탄과 백 포기의 김장을 때맞춰 장만하는 것으로 자족하려드는 그의 피곤한 소시민성을 측은해하면서도 미워한다. 나는 돌아누워서 부자가 되는 공상을 요모조모 해본다. 부자가 되는 공상은 아무리 해도 싫증이 안 나고 할수록 재미가 아기자기하다.

한겨울에도 반소매 차림으로 지낼 수 있는 스팀 난방의 양옥, 현대적인 정갈한 부엌, 일류 음악회의 3천 원짜리 좌석을 예사롭게 예약할 수 있는 소비생활 등등—나는 내 이런 공상이 모피나 보석에까지 도달하기 전에 용케 자제를 한다. 문득 남편이 나에게 줄 수 있는 것과 내가 남편에게 바라고 있는 것과의 엄청난 간극이 두려웠기 때문이다. 이래서 초겨울 밤은 실제의 기온보다 조금쯤 더 춥다.

큰딸이 예비고사를 치르던 날이었던가, 한 친구가 어느 대학에 보낼 거냐고 전화를 걸어왔다.

"아마 S대를 보낼 것 같아, 본인의 뜻도 그렇고 학교에서도 그렇게 하라니까."

나는 대수롭지 않은 듯 대꾸하면서도 좀 자랑스러운 마음이 없지 않아 있었다. 그러나 뜻밖에 친구는 "계집애가 S대를 나와서 뭘 하니? 기껏 중학교 선생" 하고 얕잡지 않는가.

"본인이 졸업 후 직업을 가질 것을 원하니까 교사직도 나쁠 거야 없지 않아?"

"그야 여자니까 교사직도 나쁠 것도 없겠지. 그렇지만 조금만 긴 안목으로 보면 문제가 심각해지고 말걸. 결혼문제를 생각해봐. 자연히 직장에서 끼리끼리 만나게 마련이야. 그래 딸을 죽도록 키워서 고작 선생 사위를 볼 참이야?"

이어서 친구는 고관이라든가 재벌의 부인을 많이 배출한

다는 몇몇 대학의 이름까지 일러주는 친절도 잊지 않는다.

그러나 나는 어떤 놀라움으로 말문이 막혀버리고 말아, 변변히 대꾸도 못하고 통화를 끝냈다. 내가 어느 틈에 사위 볼 걱정까지 할 나이가 되었나 하는 놀라움보다 훨씬 더한 경악, 그것은 내 친구의 교사직에 대한 노골적인 비하의 말투였다.

나는 여지껏 이 세상에서 가장 고마운 분으로 선생님을 첫손으로 꼽는 터였고, 그들의 박봉이 마치 내 죄처럼 송구하고 죄송했고, 그들이야말로 우리 사회의 최후의 양심이라고 여기고 있었고, 내가 아직까지 한 번도 저주나 경멸의 대상으로 삼아본 적이 없는 직장이 있다면 그것이 바로 교사직이었기 때문이다. 이런 내 신념은 확고한 것이었을 터인데 딸의 장래와 결부되고 나니 어쩐지 쉽사리 동요와 곤혹을 겪는다.

'기껏 교사' '고작 선생'을 좀처럼 귓전에서 떨구지 못한다.

드디어 나는 내 곤혹을 혼자 처리하지 못하고 딸에게 떠듬떠듬 의논을 하는 척, 어느 틈에 시집 잘 가는 대학 쪽으로 딸을 꾄다.

"엄마도 참……"

딸은 흘긋 한번 나를 쳐다보고 전연 대꾸가 없다. 그러나 나는 그 일별에서 재빨리 딸의 어미에 대한 모멸을 본다.

딸에 대해 나는 무얼까? 타락한 기성세대? 뭐 그렇게 대단한 이름을 붙일 것까지야. 탐욕스런 노파쯤이 아닐까? 나는 내 딸에겐지 내 친구에겐지 이 세상에겐지 대상이 분명치 않은 노여움이 왈칵 솟구침을 느낀다.

남북의 첫 만남이 신문에 크게 천연색으로 나던 날이다.

"엄마, 이북 사람도 신사복 입었어!"

"엄마, 넥타이도 맸네, 이발도 하고!"

"엄마, 엄마, 이북에도 카메라에 시계가 있나봐."

"엄마 이북 사람도 웃는데."

반공교육을 철저히 받은 국민학생인 내 아들의 놀라움이다.

맙소사, 25년은 정말 너무도 길었나보다.

만일 이북 어린이가 같은 사진을 봤다면 뭐라 했을까.

"엄마 이남 사람 머리에 왜 뿔이 없지?"

혹 이러지나 않았을까.

이제 최초의 무분별한 흥분이나 과도한 기대는 많이 가셨지만, 그래도 국민들의 꾸준한 주시 속에서 남북예비회담은 좁다란 테이블을 사이에 두고, 때로는 테이블을 넘어 악수를 하며, 가끔 맛있는 음식까지 나누며 진행하고 있다. 그러나 과연 그들의 만면의 미소가 더듬는 것이 인간의 선의, 혈연에의 그리움뿐일까, 혹은 '뿔'을 더듬고 있지나 않을까. 어떻게든 '뿔'을 찾아내어 그들의 어린이들에게 쳐들어 보이고자 함은 아닐까. 자못 다정하게 활짝 웃으며 마주앉은 좁다란 테이블이 문득 천리만큼 멀어 보임은 나 또한 그들의 독한 '뿔'에 다친 20년 전을 어제런 듯 잊지 못하기 때문일 것이다.

나는 요즈음 같은 초겨울이 싫다. 한자리 속에서 체온을 맞댄 부부 사이의 간극, 제 속으로 낳은 자식과의 간극, 내가 속한 사회의 사고와 내 사고와의 간극, 친구와의, 동포와의 간극을 어쩔 수 없이 의식하게 되는, 그래서 몸보다 마음이 먼저 추워오는 계절이기 때문이다.

어떤 탈출

아들은 어떻게든 중학공부부터는 서울서 시켜보겠다고 오빠만 데리고 서울로 간 어머니가 어떻게 생각을 고쳐 했는지 어느 해 봄, 별안간 나까지 서울로 데려다 머리꽁지를 잘라 단발을 시키더니 국민학교에 입학을 시켰다. 반항이나 앙탈을 할 겨를도 없이 순식간에 이 일은 이루어져 나는 무참히도 서울 애들 사이에 내던져진 꼴이 되었던 것이다.

서울 애들은 영악하고 예쁘고 깨끗했다. 특히 젊은 담임선생님은 너무 아름답고 고상해서 나 같은 촌 계집애의 소견으론 도무지 이 세상 사람 같지를 않았다.

그분의 유창한 일본말이 내 그런 생각을 더욱 자신 있게 했다.

나는 그분을 따르지 않았다. 그분은 늘 많은 애들한테 둘러싸여서 천사 같은 미소를 띠고 여러 애들을 공평하게 쓰다듬고 공평하게 귀여워했다. 그래도 나는 그분을 따르지 않았다. 나는 내 촌스러움을 지나치게 의식하고 있어, 그들이 나를 귀여워하는 것은 선녀가 누더기를 걸치는 것처럼 천부당만부당한 일로 여겼다.

내 국민학교 1학년 시절은 이렇게 외롭고 그늘진 것이었으나, 아주 비참하기만 한 것은 아니었다. 일곱 살의 계집애에겐 비참해질 수 없는 천성의 발랄함이랄까, 앙증함이랄까 그런 게 있는 법이다.

나는 공부를 잘하지도 않고, 못하지도 않고, 말썽을 부리지도 않는 존재 희미한 학생이 되어 교실 한 귀퉁이에 조용히 앉아 허구한 날 공상에 잠겼다.

내 공상의 주인공은 늘 내 담임선생님이었다. 내가 갖고 있는 선녀·신선·별나라·달나라에 대한 온갖 지식을 동원해서 그분의 생활을 상상하고 꾸미고 하는 것이 내 학교생활의 유일한 낙이었다. 나는 그분이 우리같이 먹고 배설하는 생리 구조를 가졌다는 생각조차 하려들지 않았다.

그해 겨울 할머니가 시골에서 강정을 해가지고 올라오셨다. 강정 중에서도 제일 고급으로 치는 깨강정을 한 보따리

선생님께 갖다드리라고 나에게 안겨줬다. 나는 그것을 갖다드리지 않고 사직공원에서 아이들과 나누어 먹어 없앴다. 조금도 잘못했다는 뉘우침 없이 예사롭게 그렇게 했다.

강정이 먹고 싶어서가 아니라 내 공상이 그분을 절대로 그런 것을 먹을 수 없는 분으로 꾸며놓았기 때문이다.

내 소견으론 학부형이 주는 떡이나 강정 따위를 받아서 먹는 것은 시골 간이학교 선생님이나 할 짓이었다. 공원에서 몰래 아이들과 먹는 강정은 한층 달고 고소했다. 더 고소한 것은 우리 선생님이 이렇게 고소한 것도 먹을 수 없을 만큼 고상한 분이라는 거였다.

결국 나는 선생님을 지나치게 우상화함으로써 그분과 전연 친화감을 느낄 수 없었고, 그분에게 품었던 인간적인 감정이란 강정을 먹으면서 느낀 고소함—아마 일종의 미움이었겠지—이 고작이었다. 그러나 그 시절이 내 어린 시절을 상처 입혔다고는 생각지 않는다.

나는 내 공상을 내 생애에서 최초로 내가 받았던 억압—학교생활의 엄한 규칙·소외감·선생님의 위선—으로부터 나를 해방시키는 수단으로 삼았던 것이다.

지금도 나에겐 그때 버릇이 남아 있다. 따분하고 우울할 땐 곧잘 텔레비전을 틀고 드라마를 본다. 재미가 있어서 볼 때도 있지만 드라마의 스토리 전개와는 전연 상관없는 엉뚱한 재미로 보는 수가 많다.

도저히 그럴 수 없는 얘기, 그게 아닌 얘기, 우리의 생활 감정을 조금도 건드리지 않고 허공에 붕 뜬 얘기가 펼쳐진다.

그래도 나는 텔레비전을 끌 정도의 저항도 하지 않고 히히덕대고 앉아 있다. 국민학교 1학년 때 담임선생님에 대한 공상을 하듯이 그 이야기를 꾸민 사람을 상상하는 게 재미있다. 우리와는 전연 딴 현실을 사는 사람, 공중에 붕 떠서 사는 사람, 희로애락·관능 등 감정 감각기관의 구조조차 우리네하곤 다르게 돼 있는 사람을 요모조모 구성해보는 것이 재미있는 것이다.

우습지 않은 코미디를 볼 때의 내 상상 속의 코미디 작가는 어설픈 협박자의 모습을 하고 있다. "지금 네 시간은 웃을 시간이다. 웃어라 웃어. 낄낄낄……" 하고 웃음을 선창하고 나서 따라 웃으라고 마구 협박을 한다.

왜 웃어야 하는지 영문도 안 가르쳐주고 덮어놓고 웃기만 하라니 협박일 수밖에. 미구에 텔레비전 수상기를 통해 팔목이라도 뻗어나와 우리의 멱살을 잡고 간지럼을 태우며 우리를 웃기는 시대가 오지 않을까 두렵기도 하다. 다행히 참으로 다행히 우리의 실제 인생은 드라마나 코미디보다 훨씬 재미있다는 사실의 확인도 텔레비전을 보는 재미의 하나다.

버스를 기다리는 무료한 시간, 옆에 늘어놓인 주간지의 표지를 보면서도 내 이런 못된 버릇은 발동한다. 꽃같이 화사한 여배우나 여가수의 얼굴 옆에는 내용의 일부가 큰 글씨로 들어 있다. 대개 성적인 스캔들의 일부로 노골적인 문구들이다. 그런 걸 주워 읽는 것도 재미있지만 그런 걸 취재해 이야기로 꾸민 사람을 상상하는 게 더 재미있다. 직업상 정력이 입으로만 모인 사람을 구성해본다.

이런 식으로 제아무리 높은 사람의 점잖은 모습도 기회만 있으면 엉망으로 재구성을 하려든다. 그러나 문제는 내가 구성한 대상에게 있는 게 아니라, 이런 방법으로 쓰레기처럼 덮쳐오는 일상의 권태와 악덕으로부터 손끝 하나 까딱 않고 탈출한 것으로 생각하는 내 비열함이다. 늘 그렇듯이 문제는 바로 나에게 있는 것이다.

노인

 벌써 10여 년 전쯤부터 아파트 생활에 익숙해진 한 친구는 늘 우리 동네를 부러워했었다. 아파트가 편하긴 다 편해서 좋은데 이웃끼리 통 사귀지를 않고 산다는 거였다. 그때만 해도 우리 동네는 한옥이 밀집한 고풍스러운 동네였고 이웃 간에 친목이 대단했었다.

 리어카장수나 광주리장수한테 물건을 흥정해놓고 좀 싼 듯하면 골목 안 사람들을 다 불러서 아주 떨이를 해버림으로써 장수는 다 팔아서 좋고 이웃은 싼거리해서 좋은, '좋은 일'하기를 저마다의 의무로 알았고, 어느 이웃이 어느 장수한테 속았다든가 바가지를 썼다든가 하면 골목 안 식구들이 일제히 그 장수를 배척해서 다신 우리 동네에 발을 못 들여놓

게 했다. 돌떡이나 고사떡 나누어 먹기, 김장이나 큰일 때 서로 돕기는 당연한 예절이었고, 집집마다 대개 노인네를 모시고 있어 노인네의 생신 때는 골목 안 노인네들을 다 청해다가 며느리 딸 들이 극진히 모시고 갖은 솜씨를 다한 음식 자랑도 했었다.

내가 처음 이 동네로 이사 왔을 때만 해도 꼭 시골 인심 비슷한 골목 안 인심에 흔연히 동화됐다기보다는 적이 당혹했었다는 쪽이 옳겠다. 개인생활을 침해받는 것 같아 불쾌한 느낌조차 들었다. 가을철 고추 같은 것도 미리 물어보지도 않고 뉘 집에서든지 1백 근, 2백 근짜리를 부대째로 사서 마당에 쏟아놓고는 집집이 다니며 사람을 불러모아서는 나누어 사자는 데는 뾰지게 싫달 수도 없고, 당장 돈이 없다고 발뺌을 하면 돈을 꾸어주겠다는 사람까지 나서니 기가 찰 노릇이었다. 참, 할 일도 없으려니와 오지랖도 넓지 하며 속으로 혀를 차면 찼지 안 살 수가 없었다. 지금 생각하면 그게 요새 한창 유행하는 공동구입이 아닌가 싶다. 내 친구가 이런 우리 동네를 부러워하는 소리를 할 때마다 나는 그냥 웃었지만 속으론 친구의 아파트 살림을 부러워하지 않았던가 싶다.

그러나 우리 동네도 이젠 많이 변했다. 골목 안에서 우리가 제일 고참이 되었고, 한옥 사이 드문드문 양옥이 들어서게 되었고, 이웃 간에 왕래가 끊긴 지 오래다. 이제 와서 문득 지난날의 인심에 그리움 같은 걸 느끼며 우리가 제일 고참인 점으로 미루어 우리 골목 안의 아름다운 전통이 우리로부터 끊긴 게 아닌가 하는 자책감조차 없지 않아 있다.

그렇지만 우리 골목의 변모야말로 근래 10여 년 간의 우리 사회의 급속한 근대화가 가져온 수많은 변모의 한 전형일 따름일 것이다. 우선 집이 팔리면 새로 산 사람이 멀쩡한 한옥을 철거한다. 아직도 몇십 년을 더 버틸 수 있는 굴도리에 재목이 좋은 한옥이 헐려서 시골로 내려간다. 시골 사람은 이런 한옥을 사다가 그대로 조립하는 식으로 지으면 건축비가 훨씬 덜 든다는 거였다. 철거가 끝나면 철근에 벽돌에 시멘트가 쌓이고 땅을 판다. 양옥의 기초공사가 시작되는 것이다. 이맘때쯤 으레 맞붙은 한옥 주인과 싸움이 붙는다. 지하실을 너무 깊이 파서 집이 기울고 있다든가, 담을 몇 센티쯤 내 쌓았다든가 하는 일로. 집이 완공될 임시도 또 싸운다. 2층에서 남의 집 안방이 들여다보이니 될 말이냐, 보여도 안 내다보면 될 게 아니냐 하고 어린애들처럼 싸운다. 그러나 이런 싸움의 결과란 으레 새 양옥집 주인의 승리다. 이렇게 생긴 양옥은 우선 대문이 어마어마하고 담엔 쇠꼬챙이가 솟고, 차는 있건 없건 셔터 내린 차고까지 있어 이웃의 한옥하곤 사뭇 단수가 달라 뵈고 사람까지 달라 뵈서 상종들을 안 하려든다.

설사 새로 이사 온 이가 한옥을 헐지 않고 그대로 사는 경우도 대개는 수리를 하는데 그 수리라는 게 또 대단하다. 방을 추녀 밑으로 또는 집과 집 사이로 내 늘리고, 그러자니 자연히 이웃과 또 입씨름이 붙게 된다. 한옥도 번들번들 타일이 빛나는 벽이 추녀 끝까지 나와 있고 담에 쇠꼬챙이가 솟고 보니 한옥인지 양옥인지 분간을 못하게 된다. 반양옥이라고나 할까. 한 골목 안에 한옥·양옥·반양옥이 번갈아가며 서 있고 서로 그것을 신분의 차이처럼 의식하고 있고, 서로 적의조차 품고 있는 듯이 보인다.

나는 가끔 내가 돈이 한푼도 없는 날, 백 원이나 5백 원쯤이 급하게 필요한 일이 생기면 어쩌나 하는 생각을 한다. 돈은커녕 광주리 하나 빌릴 만한 이웃이 없다. 그래도 나는 자주 밖에 나가 사람들과 접촉하게 되고 심심할 땐 친구들과 전화도 할 수 있고 책도 읽고 함으로써 별로 외로움을 모르고 살지만, 모시고 있는 시어머님의 경우는 이웃과의 단절의 문제가 사뭇 심각하다. 심심하면 마을 갔다 오마고 나가시고, 한 바퀴 돌아오시면 동네의 잔다란 소식은 다 모아들이던 어른이 요 몇 년째 가실 데가 없는 것이다. 쇠꼬챙이가 삼엄한 담장, 사나운 개, 인터폰을 통과할 일도 난감하려니와 완강하게 닫힌 사람의 마음의 문을 열 일은 더욱 난관인 것이다.

앞에서 고물고물 말 상대가 돼주던 손자들은 다 자라 아침 일찍 학교에 가면, 늦게나 돌아와 제각기 제 일이 있고 보니 할머니하고 오순도순 대화할 시간이 없다. 서로 왕래하던 친척의 노인네들도 대부분 별세하시고, 젊은이들은 노인을 찾아뵙는 예절쯤 생략하고 사는 지 오래다. 그래 그런지, 원체가 팔십 고령이라 그러신지, 요새 우리 시어머님 대화에서는 많은 단어를 잊어버리고 극히 제한된 단어밖에 구사할 줄 모른다. '춥다' '덥다'라든가 '배고프다' '맛있다' '맛없다'라든가 하는, 감각과 본능의 욕구에 필요한 범위 내로 점점 협소해지고 있다. 가끔 우뚝 솟은 2층집을 바라보면서 '저놈의 집엔 늙은이도 없나' 하시더니 요샌 그런 소리도 안 하신다. 누웠다 앉았다 장독 뚜껑을 열어봤다 하시며 무슨 생각을 하고 계실까. 사고의 범위까지가, 구사할 수 있는 단어의 범위 내로 제한되는 걸까. 그렇다면 80년을 산 긴긴 사연은 뇌의 어느 깊은 주름살 속에 영영 사장되고 만 셈인가. 측은하고 서글프다.

내 남편을 낳아 길러주었고, 내 자식을 같이 사랑하고, 같이 병상을 보살피고, 같이 재롱에 웃던 분의 쓸쓸한 노년에 내가 할 수 있는 일이 그저 한 가닥 연민뿐이니 그것 또한 서글프다.

그때가 가을이었으면

노염老炎이 복더위보다 기승스럽다. 어서 찬바람이 났으면 싶다가도 연탄 생각을 하면 우울해진다. 나는 오늘 우리 연탄광에 남아 있는 연탄을 아이들과 함께 세어보았다. 구구셈과 덧셈을 어렵게 해서 계산해낸 재고량은 345장, 앞으로 자그마치 2,655장을 더 확보해야 겨울을 날 수 있다. 낮아진 열량을 생각한다면, 2천 장쯤 더 있어야할지도 모르겠다.

연탄장수 아저씨하고 어떻게 잘 통해놓으면, 그만한 연탄을 쉽게 확보해놓을 수 있을까. 내가 가을과 함께 골몰하는 생각은 고작 이런 구질구질한 생각이다.

내가 순수한 감동으로 받아들일 수 없는 게 어찌 가을뿐일까. 여름이 무르익어 아이들의 방학이 시작되자 나는 곧 아이의 머릿수와 바캉스 비용을 암산하느라 머릿속이 뒤죽박죽이 되어야 했고, 계절마다 이런 사연은 반드시 따라다닌다.

그렇다고 내가 내 생활의 톱니바퀴와 각박하게 엇물려놓은 게 어찌 계절뿐일까. 사람과의 관계 또한 그렇다. 연전에 남편이 개복수술을 받은 적이 있다. 나는 대기실에서 가슴을 죄며 수술이 무사하게 끝나기를 빌었지만 암만해도 방정맞은 생각을 떨어버릴 수가 없었다. 만약 잘못된다면? 이런 가정하에 내가 생각할 수 있는 건 남편을 잃은 아내로서의 순수한 고독이나 비탄이 아니라 나 혼자서 여러 애들하고 뭘 먹고, 뭘로 공부시키고 어떻게 사나 하는 생각이었다. 사람의 생각이 투명하게 밖으로 내비치지 않는다는 건, 사람과 사람과의 관계에 있어서 얼마나 큰 축복일까.

계절의 변화에 신선한 감동으로 반응하고, 남자를 이해관계 없이 무분별하게 사랑하고 할 수 있는 앳된 시절을 어른들은 흔히 철이 없다고 걱정하려든다. 아아, 철없는 시절을 죽기 전에 다시 한번 가질 수는 없는 것일까.

소설이나 영화 같은 데는 자주 불치의 병에 걸린 주인공이 나온다. 의사와 가족만 알고 주인공은 자기의 시한부 인생을 전연 눈치채지 못한다. 가족들은 주인공을 감쪽같이 속이면서 남은 몇 달은 어떡하든 더 행복하게 해주려고 갖은 애를 쓴다. 이 대목이 바로 눈물을 노리는 대목이다. 그러나 나는 이 대목이 싫다.

나도 너무 늦기 전에 그런 병에 걸려 죽고 싶지만 이왕이면 내 생명이 몇 달 남았다는 선고를 나 혼자서 내가 직접 듣고 싶다. 가족들에겐 알리지 않겠다. 가족이 먼저 알고 나를 속이게 하고 싶지도 않다. 마지막의 그 소중한 몇 달을 가족들의 기만과 동정이라는 최악의 대우 속에서 보내고 싶진 않다.

나는 내 마지막 몇 달을 철없고 앳된 시절의 감동과 사랑으로 장식하고 싶다. 아름다운 것에 이해관계 없는 순수한 찬탄을 보내고 싶다. 그렇다고 아름다운 것을 찾아 여기저기 허둥대며 돌아다니지는 않을 것이다. 한꺼번에 많은 아름다운 것을 봐두려고 생각하면 그건 이미 탐욕이다. 탐욕은 추하다.

내 둘레에서 소리 없이 일어나는 계절의 변화, 내 창이 허락해주는 한 조각의 하늘, 한 폭의 저녁놀, 먼 산 빛, 이런 것들을 순수한 기쁨으로 바라보며 영혼 깊숙이 새겨두고 싶다. 그리고 남편을 사랑하고 싶다. 가족들의 생활비를 벌어오는 사람으로서가 아니요, 아이들의 아버지로서도 아니요, 그냥 남자로서 사랑하고 싶다. 태초의 남녀 같은 사랑을 나누고 싶다.

이런 찬란한 시간이 과연 내 생애에서 허락될까. 허락된다
면 그때는 언제쯤일까. 10년 후쯤이 될까, 20년 후쯤이 될까,
몇 년 후라도 좋으니 그때가 가을이었으면 싶다. 가을과 함께
곱게 쇠진하고 싶다.

사랑을 무게로 안 느끼게

평범하게 키우고 있다. 공개해서 남에게 도움이 될 만한 애 기르기의 비결 같은 것도 전연 아는 바 없다. 그저 따뜻이 먹이고 입히고, 밤늦도록 과중한 숙제와 씨름하고 있는 것을 보면, 숙제를 좀 덜 해가고 대신 선생님께 매를 맞는 게 어떻겠느냐고 심히 비교육적이고 주책없는 권고를 하기도 한다.

일전에 어떤 친구한테 지독한 소리를 들었다.

"너같이 애들을 막 키워서야 이다음에 무슨 낯으로 애들한테 큰소리를 치겠니? 그 흔한 과외공부 하나 시켜봤니? 딸이 넷씩이나 있는데 피아노나 무용이나 미술공부 같은 건 따로 시켜봤니?"

그때 그 친구의 모멸의 시선이 지금 생각해도 따갑다. 아닌 게 아니라 내 애들 중 예능 방면의 천재가 있을지도 모르는데 부모를 알량하게 만나 묻혀 있는 게 아닌가 싶은 두려움이 간혹 들긴 하지만 꼭 다음에 '큰소리'치기 위해 지나친 극성을 떨 생각은 아예 없다.

아이들의 책가방은 무겁다. 그러나 단순한 책가방의 무게만으로 한창 나이의 아이들의 어깨가 그렇게 축 처진 것일까? 부모들의 지나친 사랑, 지나친 극성이 책가방의 몇 배의 무게로 아이들의 어깨를 짓누르고 있는 거나 아닐지.

"내가 너한테 어떤 정성을 들였다구. 아마 들인 돈만도 네 몸무게의 몇 배는 될 거다. 그런데 학교를 떨어져 엄마의 평생소원을 저버려?"

"내가 너를 어떻게 키운 자식인데 장가들자마자 네 계집만 알아. 이 불효막심한 놈아."

이런 큰소리를 안 쳐도 억울하지 않을 만큼, 꼭 그만큼만 아이들을 위하고 사랑하리라는 게 내가 지키고자 하는 절도다. 부모의 보살핌이나 사랑이 결코 무게로 그들에게 느껴지지 않기를, 집이, 부모의 슬하가, 세상에서 가장 편하고 마음 놓이는 곳이기를 바랄 뿐이다.

아이들은 예쁘다. 특히 내 애들은. 아이들에게 과도한 욕심을 안 내고 바라볼수록 예쁘다.

제일 예쁜 건 아이들다운 애다. 그다음은 공부 잘하는 애지만 약은 애는 싫다. 차라리 우직하길 바란다. 활발한 건 좋지만 되바라진 애 또한 싫다.

특기교육은 따로 못 시켰지만 애들이 자라면서 자연히 음악·미술·문학 같은 걸 이해하고 거기 깊은 애정을 가져주었으면 한다.

커서 만일 부자가 되더라도 자기가 속한 사회의 일반적인 수준에 자기 생활을 조화시킬 양식을 가진 사람이 되기를. 부자가 못 되더라도 검소한 생활을 부끄럽게 여기지 않되 인색하지는 않기를. 아는 것이 많되 아는 것이 코끝에 걸려 있지 않고 내부에 안정되어 있기를. 무던하기를. 멋쟁이이기를.

대강 이런 것들이 내가 내 아이들에게 바라는 사람 됨됨이다.

그렇지만 이런 까다로운 주문을 아이들에게 말로 한 일은 전연 없고 앞으로도 할 것 같지 않다.

다만 깊이 사랑하는 모자 모녀끼리의 눈치로, 어느 날 내가 문득 길에서 어느 여인이 안고 가는 들국화 비슷한 홑겹의 가련한 보랏빛 국화를 속으로 몹시 탐내다가 집으로 돌아와본즉 바로 내 딸이 엄마를 드리고파 샀다면서 똑같은 꽃을 내

방에 꽂아놓고 나를 기다려주었듯이 그런 신비한 소망의 닮음, 소망의 냄새 맡기로 내 애들이 그렇게 자라주기를 바랄 뿐이다.

코 고는 소리를 들으며

코를 고는 것도 이비인후과 계통의 질환에 드는 모양이지만 나는 남편의 유연한 코 고는 소리를 들으면 그의 낙천성과 건강이 짐작돼 싫지 않다.

스스로가 코를 골기 때문인지 남편은 잠만 들면 웬만한 소리엔 둔감한데 빛에는 여간 예민하지 않다.

난 꼭 한밤중에 뭐가 쓰고 싶어서 조심스럽게 머리맡에 스탠드를 켜고는, 두터운 갈포 갓이 씌워졌는데도 부랴부랴 벗어놓은 스웨터나 내복 따위를 갓 위에 덧씌운다.

그래도 남편은 눈살을 찌푸리고 코 고는 소리가 고르지 못해진다. 까딱 잘못하면 아주 잠을 깨놓고 말아 못마땅한 듯 혀를 차고는 담배를 피워물고 뭘 하느냐고 넘겨다보며 캐묻는다.

나는 아무것도 아니라고 어물어물 원고 뭉치를 치운다.

쓸 게 있으면 낮에 쓰라고, 여자는 잠을 푹 자야 살도 찌고 덜 늙는다고 따끔한 충고까지 해준다.

그래도 나는 별로 낮에 글을 써보지 못했다.

밤에 몰래 도둑질하듯, 맛난 것을 아껴가며 핥듯이 그렇게 조금씩 글쓰기를 즐겨왔다.

그건 내가 뭐 남보다 특별히 바쁘다거나 부지런해서 그렇다기보다는 나는 아직 내 소설쓰기에 썩 자신이 없고 또 소설 쓰는 일이란 뜨개질이나 양말 깁기보다도 실용성이 없는 일이고 보니 그 일을 드러내놓고 하기가 떳떳지 못하고 부끄러울 수밖에 없다고 내 나름대로 생각하고 있기 때문이다.

쓰는 일만 부끄러운 게 아니라 읽히는 것 또한 부끄럽다.

나는 내 소설을 읽었다는 분을 혹 만나면 부끄럽다못해 그 사람이 싫어지기까지 한다.

만일 내가 인기 작가나 베스트셀러 작가가 된다면, 온 세상이 부끄러워 밖에도 못 나갈 테니 딱한 일이지만, 그렇게 될 리도 만무하니 또한 딱하다. 그러나 내 소설이 당선되자 남편의 태도가 좀 달라졌다. 여전히 밤중에 뭔가 쓰는 나를 보고 혀를 차는 대신 서재를 하나 마련해줘야겠다지 않는가.

나는 그만 폭소를 터뜨리고 말았다.

서재에서 당당히 글을 쓰는 나는 정말 꼴불견일 것 같다.

요 바닥에 엎드려 코 고는 소리를 들으며 뭔가 쓰는 일은 분수에 맞는 옷처럼 나에게 편하다.

양말 깁기나 뜨개질만큼도 실용성이 없는 일, 누구를 위해 공헌하는 일도 아닌 일, 그러면서도 꼭 이 일에만은 내 전신을 던지고 싶은 일, 철저하게 이기적인 나만의 일인 소설쓰기를 나는 꼭 한밤중 남편의 코 고는 소리를 들으며 하고 싶다.

규칙적인 코 고는 소리가 있고, 알맞은 촉광의 전기스탠드가 있고, 그리고 쓰고 싶은 이야기가 술술 풀리기라도 할라치면 여왕님이 팔자를 바꾸재도 안 바꿀 것같이 행복해진다.

오래 행복하고 싶다.

오래 너무 수다스럽지 않은, 너무 과묵하지 않은 이야기꾼이고 싶다.

1931년   10월 20일 경기도 개풍군 청교면 묵송리 박적골에서 출생.
         아버지 박영노朴泳魯, 어머니 홍기숙洪己宿. 열 살 위인 오빠
         있음.

1934년   아버지 별세. 어머니는 오빠만 데리고 서울로 떠남. 조부모
         와 숙부모 밑에서 어린 시절을 보냄.

1938년   서울로 와서 살게 됨. 매동국민학교 입학.

1944년   숙명여고 입학.

1945년   소개령疎開令이 내려져 개성으로 이사, 호수돈여고로 전학.
         고향에서 해방을 맞음. 서울로 와 학교를 계속 다님. 여중
         5학년 때 담임을 맡은 소설가 박노갑 선생에게서 많은 영
         향을 받음.

1950년   서울대학교 문리대 국문과 입학. 6월 초순에 입학식이 있
         어서 학교를 다닌 기간은 며칠 되지 않음. 전쟁으로 오빠와
         숙부가 죽고 대가족의 생계를 책임지게 됨. 미군 부대에 취
         직, 미8군 PX(동화백화점, 곧 지금의 신세계백화점 자리)의
         초상화부에 근무. 거기서 박수근 화백을 알게 됨.

1953년   호영진扈榮鎭과 결혼, 이후 1남 4녀의 자녀를 둠(1954년 원
         숙, 1955년 원순, 1958년 원경, 1960년 원균, 1963년 원태).

1970년   「나목」으로 『여성동아』 여류장편소설 공모에 당선.

1975년 남편이 사기사건에 연루되어 옥바라지를 함. 「도시의 흉년」을 『문학사상』에 연재.

1976년 첫 창작집 『부끄러움을 가르칩니다』(일지사) 출간. 「휘청거리는 오후」를 동아일보에 연재.

1977년 남편의 옥바라지 체험을 바탕으로 전해에 발표했던 단편 「조그만 체험기」에 얽힌 기사가 일간지에 실렸는데, 개인의 명예를 생각하지 않고 검찰측의 입장만 밝혀서 문제가됨. 『휘청거리는 오후』(창작과비평사, 전2권), 중편집 『창 밖은 봄』(열화당), 산문집 『꼴찌에게 보내는 갈채』(평민사), 『혼자 부르는 합창』(진문출판사) 출간.

1978년 창작집 『배반의 여름』(창작과비평사), 장편 『목마른 계절』(원제 『한발기』, 수문서관), 산문집 『여자와 남자가 있는 풍경』(한길사) 출간.

1979년 『도시의 흉년』 완간(문학사상사, 전3권), 『욕망의 응달』(수문서관. 이 책은 1985년 같은 출판사에서 『인간의 꽃』으로, 1989년 원제대로 우리문학사에서 재출간), 창작동화 『달걀은 달걀로 갚으렴』 출간(샘터, 『마지막 임금님』으로 재출간).

1980년 「그 가을의 사흘 동안」으로 한국문학작가상 수상. 전해부터 동아일보에 연재했던 『살아 있는 날의 시작』(전예원) 출간. 「오만과 몽상」을 『한국문학』에 연재.

1981년 「엄마의 말뚝 2」로 제5회 이상문학상 수상. 제5회 이상문학상 수상작품집 『엄마의 말뚝 2』 출간. 『도둑맞은 가난』(민음사, 「나목」이 재수록되어 있음), 콩트집 『이민가는 맷

돌』(심설당) 출간. 20년간 살던 보문동 한옥을 떠나 강남의 아파트로 이사.

1982년 10월, 11월 문공부 주최 문인해외연수에 참가하여 유럽과 인도를 다녀옴. 단편집 『엄마의 말뚝』(일월서각), 장편 『오만과 몽상』(한국문학사, 1985년 고려원에서 재출간), 산문집 『살아 있는 날의 소망』(주우) 출간. 「그해 겨울은 따뜻했네」를 한국일보에 연재.

1984년 7월 1일 영세 받음. 풍자소설집 『서울 사람들』(글수레) 출간.

1985년 11월에 '일본 국제기금재단'의 초청으로 일본을 여행함. 장편 『서 있는 여자』(학원사, 『떠도는 결혼』과 동일 작품), 작품선집 『그 가을의 사흘 동안』(나남) 출간.

1986년 산문집 『서 있는 여자의 갈등』(나남), 창작집 『꽃을 찾아서』(창작사, 1982년에서 1986년 사이에 창작한 중·단편을 수록) 출간.

1988년 남편과 아들을 연이어 잃음. 서울을 떠나는 일이 많아짐. 미국 여행을 다녀옴. 『문학사상』에 연재하던 「미망」을 10월부터 다음해 6월까지 쉼.

1989년 「그대 아직도 꿈꾸고 있는가」를 여성신문에 연재. 장편 『그대 아직도 꿈꾸고 있는가』(삼진기획) 출간.

1990년 『미망』(문학사상사, 전3권) 출간. 이 작품으로 대한민국문학상 우수상을 수상. 산문집 『나는 왜 작은 일에만 분개하는가』(햇빛출판사) 출간. 『그대 아직도 꿈꾸고 있는가』의 성공으로 출판사 주최 성지순례 해외여행을 다녀옴.

1991년　회갑 기념 소설집『저문 날의 삽화』(문학과지성사), 콩트집
　　　　『나의 아름다운 이웃』(작가정신) 출간. 장편『미망』으로
　　　　제3회 이산문학상 수상 .

1992년　『그 많던 싱아는 누가 다 먹었을까』(웅진출판사),『박완서
　　　　문학앨범』(웅진출판사) 출간.

1993년　「꿈꾸는 인큐베이터」(『현대문학』1월호)로 제38회 현대문
　　　　학상 수상. 제38회 현대문학상 수상작품집『꿈꾸는 인큐베
　　　　이터』(현대문학사) 출간. 제19회 중앙문화대상(예술 부문)
　　　　수상. 장편『휘청거리는 오후』를 제1권으로『박완서 소설
　　　　전집』(세계사) 출간 시작. 소설전집 제2·3·4·5권으로 장
　　　　편『도시의 흉년』(상·하),『살아 있는 날의 시작』『욕망의
　　　　응달』출간.

1994년　「나의 가장 나종 지니인 것」(『상상』창간호, 1993)으로 제25회
　　　　동인문학상 수상. 제25회 동인문학상 수상작품집『나의 가
　　　　장 나종 지니인 것』(조선일보사), 창작집『한 말씀만 하소
　　　　서』(솔), 창작동화『부숭이의 땅힘』(한양출판사), 소설전집
　　　　제6·7·8·9권으로 장편『목마른 계절』, 소설집『엄마의 말
　　　　뚝』, 장편『오만과 몽상』『그해 겨울은 따뜻했네』출간.

1995년　장편『그 산이 정말 거기 있었을까』(웅진출판사), 산문집
　　　　『한 길 사람 속』(작가정신) 출간.「환각의 나비」(『문학동네』
　　　　봄호)로 제1회 한무숙문학상 수상. 소설전집 제10·11권으
　　　　로 장편『나목』『서 있는 여자』출간.

1996년　소설전집 제12·13권으로 장편『미망』(상·하) 출간.

1997년   티베트, 네팔 여행기 『모독冒瀆』(학고재), 동화집 『속삭임』
             (샘터) 출간. 장편 『그 산이 정말 거기 있었을까』로 제5회
             대산문학상 수상.

1998년   산문집 『어른 노릇 사람 노릇』(작가정신) 출간. 보관문화훈
             장(문화관광부) 받음. 소설집 『너무도 쓸쓸한 당신』(창작과
             비평사) 출간.

1999년   묵상집 『님이여, 그 숲을 떠나지 마오』(여백) 출간. 『너무도
             쓸쓸한 당신』으로 제14회 만해문학상 수상. 『박완서 단편
             소설 전집』(문학동네, 전5권) 출간.

2000년   장편소설 『아주 오래된 농담』(실천문학사) 출간. 제14회 인
             촌상 수상.

2001년   단편소설 「그리움을 위하여」로 제1회 황순원문학상 수상.

2005년   기행산문집 『잃어버린 여행가방』(실천문학사) 출간.

2006년   『박완서 단편소설 전집』 개정판(문학동네, 전6권) 출간. 서울
             대학교 명예문학박사학위 수여. 제16회 호암상 예술상 수상.

2007년   산문집 『호미』(열림원), 소설집 『친절한 복희씨』(문학과지
             성사) 출간.

2009년   『세 가지 소원』(마음산책), 『이 세상에 태어나길 참 잘했다』
             (어린이작가정신) 출간. 『문학동네』 가을호에 단편소설 「빨
             갱이 바이러스」 발표.

2010년   산문집 『못 가본 길이 더 아름답다』(현대문학) 출간.

2011년   1월 22일, 담낭암 투병중 향년 81세를 일기로 별세. 1월
             24일, 정부로부터 '금관문화훈장'을 추서받았다.

2012년	산문집 『세상에 예쁜 것』(마음산책), 소설집 『기나긴 하루』(문학동네) 출간.
2013년	『박완서 단편소설 전집』 개정판(문학동네, 전7권) 출간. 짧은 소설집 『노란집』(열림원) 출간.
2014년	티베트, 네팔 여행기 『모독』, 산문집 『호미』 개정판(열림원) 출간. 그림동화 『엄마 아빠 기다리신다』(어린이작가정신) 출간.
2015년	『박완서 산문집』(문학동네, 전7권), 그림동화 『이 세상에서 제일 예쁜 못난이』 『7년 동안의 잠』(어린이작가정신) 출간.
2016년	대담집 『우리가 참 아끼던 사람』(달) 출간.
2017년	소설집 『꿈을 찍는 사진사』(열림원), 그림동화 『노인과 소년』(어린이작가정신) 출간.
2018년	박완서 산문집 『한 길 사람 속』 『나를 닮은 목소리로』(문학동네), 대담집 『박완서의 말』(마음산책) 출간.
2020년	『프롤로그 에필로그 박완서의 모든 책』(작가정신) 출간.

박완서(1931~2011)

1931년 경기도 개풍 출생. 1970년 불혹의 나이에 『나목裸木』으로 『여성동아』 장편소설 공모에 당선되어 문단에 나온 이래 2011년 영면에 들기까지 40여 년간 수많은 걸작들을 선보였다. 『부끄러움을 가르칩니다』『배반의 여름』『엄마의 말뚝』『그해 겨울은 따뜻했네』『그 많던 싱아는 누가 다 먹었을까』『그 산이 정말 거기 있었을까』『친절한 복희씨』『기나긴 하루』 등 다수의 작품이 있고, 한국문학작가상 이상문학상 대한민국문학상 이산문학상 중앙문화대상 현대문학상 동인문학상 한무숙문학상 대산문학상 만해문학상 인촌상 황순원문학상 호암상 등을 수상했다. 2006년, 서울대 명예문학박사학위를 받았다.

박완서 산문집 1

쑥스러운 고백
ⓒ 박완서 2015

1판 1쇄 2015년 1월 20일
1판 8쇄 2023년 3월 6일

지은이 박완서
책임편집 김필균 | **편집** 곽유경 김형균 이경록 | **디자인** 김현우 이주영
마케팅 정민호 이숙재 김도윤 한민아 이민경 안남영 김수현 왕지경 황승현 김혜원
브랜딩 함유지 함근아 박민재 김희숙 고보미 정승민 | **저작권** 박지영 형소진 이영은
제작 강신은 김동욱 임현식 | **제작처** 한영문화사(인쇄) 경일제책사(제본)

펴낸곳 (주)문학동네 | **펴낸이** 김소영
출판등록 1993년 10월 22일 제2003-000045호
주소 10881 경기도 파주시 회동길 210
전자우편 editor@munhak.com | **대표전화** 031) 955-8888 | **팩스** 031) 955-8855
문의전화 031) 955-3578(마케팅) 031) 955-8864(편집)
문학동네카페 http://cafe.naver.com/mhdn | **트위터** @munhakdongne

ISBN 978-89-546-3453-3 04810
     978-89-546-3452-6 (세트)

www.munhak.com